Jakob Hein
Liebe ist ein hormonell bedingter Zustand

Jakob Hein

Liebe ist ein hormonell bedingter Zustand

Roman

Piper München Zürich

Mehr über unsere Autoren und Bücher:
www.piper.de

Von Jakob Hein sind im Piper Verlag erschienen:

Mein erstes T-Shirt
Formen menschlichen Zusammenlebens
Vielleicht ist es sogar schön
Herr Jensen steigt aus
Gebrauchsanweisung für Berlin
Antrag auf ständige Ausreise
Vor mir den Tag und hinter mir die Nacht

ISBN 978-3-492-05359-4
© Piper Verlag GmbH, München 2009
Satz: psb, Berlin
Druck und Bindung: CPI – Clausen & Bosse, Leck
Printed in Germany

Als die große Martha Graham 1992 starb, begann eine bittere juristische Auseinandersetzung um ihre künstlerische Hinterlassenschaft. Grahams Haupterbe Ronald Protas vertrat die Auffassung, die Tänze seien sein Eigentum, während die Martha Graham Dance Company argumentierte, die Tänze gehörten dem Ensemble. Dabei standen die Juristen vor der großen Herausforderung zu klären, was überhaupt ein Tanz im juristischen Sinne ist und ob man eine Bewegungsfolge besitzen kann.

Nach zehn Jahren entschied ein Bundesgericht, dass Protas nur ein Tanz (»Seraphische Dialoge«) gehöre, während mehr als fünfzig Tänze dem Ensemble gehörten, da Martha Graham diese im rechtlichen Sinne als Auftragsarbeiten für die Company inszeniert habe. Weitere zehn Tänze würden der Öffentlichkeit gehören, weil diese Tänze durch Film und Fernsehen allgemein bekannt seien.

Um meinen Erben ähnliche Auseinandersetzungen über mein tänzerisches Erbe zu ersparen, möchte ich meine diesbezüglichen Angelegenheiten im Folgenden regeln.

A.P.

Prolog oder: Der Jimmy Glitschi

Beigebracht wurde uns die Bewegung zur Musik im Kindergarten. Wir mussten uns im Kreis aufstellen, und ein Bi-Ba-Butzemann tanzte um unser Haus herum, der Regen fiel, Frau Sonne lachte. Wie wir uns dazu bewegen durften, gab die Kindergartentante vor. Wir nannten die Kindergartentanten bei ihren Nachnamen, die besonders freundlichen erlaubten uns, sie trotzdem zu duzen. Das klang so wie heute im Kaufhaus: »Du, Frau Becker, guck mal!« Meine Kindergartentante hieß Frau Kant. Sie war dick, kurzatmig, schlecht gelaunt und trug eine Kittelschürze aus Nylon über ihren Stützstrümpfen. Bewegung zu Musik machte sie mit uns nur, weil es Vorschrift war, weil in ihrer offiziellen Bedienungsanleitung für Kinder geschrieben stand, dass eine Kindergärtnerin mindestens zweimal monatlich mit den ihr unterstellten Kindern Tanz- und Singspiele einüben musste.

Frau Kant hasste Musik und Bewegung, und Musik und Bewegung hassten Frau Kant. Alle paar Augenblicke griff sie in die Kitteltasche, holte ein Stofftaschentuch heraus und wischte sich damit den Schweiß von der hochroten

Stirn. Die Sonne waren zwei Arme, die wir von unten
kreisförmig nach außen bringen mussten. Wenn sich ein
Kind im Überschwang der Gefühle spontan anders als
vorgeschrieben bewegte, brüllte Frau Kant herum. Bei
wiederholtem Abweichen gegen die Bewegungsmuster
drohten Nachholstunden. Mit Tanzen hatte das nichts zu
tun.

Auf dem Spielplatz gab es Chauli und Jimmy Glitschi,
unsere selbst erfundenen Sagenfiguren. Chauli, das war
der Kumpel, der robuste Kämpfer, der verlässliche Ge-
fährte mit Bauarbeiterhelm oder Polizeimütze, Jimmy
Glitschi war niemand. Er war nur ein sagenumwobener
Held aus einem umfangreichen Gedichtzyklus, der ausschließlich aus Zweizeilern bestand und auch sonst von
ungeheuerer formaler Strenge gekennzeichnet war. Die
erste Zeile war immer gleich. Sie lautete: »Jimmy Glitschi,
der Mann ohne Knochen.« Auch die zweite Zeile kannte
nur minimale Abweichungen. Es variierten lediglich die
Tätigkeit und der Körperteil, den sich Jimmy angeblich
gebrochen hatte. Ein typisches Beispiel:

»Jimmy Glitschi, der Mann ohne Knochen,
hat sich beim Furzen den Hintern gebrochen.«

Trotz der stets tragisch endenden Geschichten ent-
behrten die Gedichte über Jimmy Glitschi nicht einer gewissen Komik, die sich vor allem Menschen unter acht
Jahren erschloss.

In meinen ersten Sommerferien verschifften mich meine
Eltern ins Ferienlager. In einem Brief, den ich ihnen am
zweiten Tag schickte, schrieb ich über das Ferienlager:

»Alles Scheißdreck«, mein Befinden beschrieb ich mit den Worten: »Es geht mir scheiße.« Dann kam die erste Diskothek meines Lebens. Der dicke Harald hatte seinen Koffer mit Tonbandkassetten in den Esssaal getragen und zwei Kassettenrekorder mit den Lautsprechern auf volle Lautstärke gedreht. Da brach es aus mir heraus: Ich bewegte meine Gliedmaßen im Takt der Musik, allerdings jeden meiner Arme, jedes Bein in seinem eigenen Rhythmus, die Augen hinter den Brillengläsern fest geschlossen und den Mund leicht geöffnet. Für einen Außenstehenden mag es vielleicht so ausgesehen haben, als hätte ich gerade einen Krampfanfall, aber ich tanzte den Jimmy Glitschi. All mein Heimweh und meine Wut ließ ich aus mir heraus und identifizierte mich in meinem Tanz mit dem berühmten Helden, der sich der Legende nach beim Beischlaf sein Geschlechtsteil gebrochen haben sollte.

Ich sah bestimmt schrecklich aus, ich sah bestimmt lächerlich aus, ich sah erbärmlich aus, aber ich fühlte mich großartig. Denn an diesem Nachmittag, hinter den geschlossenen Gardinen des Gemeinschaftsraums, entdeckte ich die Kraft des Tanzes, wie Musik die Seele dazu bringen kann, in direkte Verbindung zum Körper zu treten, um durch Bewegungen Dinge auszudrücken, die der Mund nicht sagen kann.

Danach wurde alles besser.

Als meine Eltern, aufgeschreckt durch meinen Brief, drei Tage später vor dem Ferienlager standen, um mich vorzeitig abzuholen, schaute ich sie nur verständnislos an.

Stillstand des Systems

Unsere politische Bildung wurde durchgeführt, indem wir vom ersten Grundschuljahr an einerseits täglich, andererseits mit einer gewissen Lustlosigkeit indoktriniert wurden. Der Lehrplan war voll von sozialistischen Phrasen, die sich in den Jahrzehnten niemand herauszustreichen getraut hatte. Die Realität hatte das meiste davon längst überholt, aber die Verabreichung der Phrasen an die Kinder war zu einer folkloristischen Tradition geworden, von der man sich nicht trennen wollte. Gelangweilt verlangten unsere in Westklamotten gekleideten Lehrer, dass wir den allseitigen Sieg des Sozialismus im Kampf der Systeme verkündeten. Nur dafür gab es die Note Eins. Der Sozialismus stellte sich uns als eine Art atheistischer Konfession vor, bei der lieber niemand mehr fragte, ob man denn wirklich glaube, sondern wo es darauf ankam, die zentralen Glaubenssätze an der richtigen Stelle wiedergeben zu können.

Ute zum Beispiel, von der es hieß, dass sie in der Kirche sei, sollte sich nicht aus allen gesellschaftlichen Fragen heraushalten dürfen und wurde deswegen zur Klas-

senverantwortlichen für die Gesellschaft für Deutsch-
Sowjetische Freundschaft gemacht. Und theoretisch
hätte nun das christliche Mädchen Ute diese Position
nutzen und ausbauen können, um einen Spitzenplatz in
den Annalen des politischen Kampfes Minderjähriger
einzunehmen. Sie hätte Schulen in unserer sowjetischen
Partnerstadt anschreiben können, sie hätte Veteranen
des Großen Vaterländischen Krieges auf Kosten des
Staates zu Pioniernachmittagen einfliegen lassen und
Super-8-Filme vom letzten Parteitag der KPdSU im Hei-
matkundeunterricht zeigen können. Niemand hätte sie
daran hindern können, die Lehrer hätten sie sogar unter-
stützen müssen. Doch solche Ambitionen lagen Ute fern.
Sie beschränkte die Erfüllung ihrer Aufgabe darauf, einmal jährlich im März eine Mark zwanzig von jedem
Mitschüler einzusammeln und dann die zwölf Monats-
marken zum Einkleben ins blaue DSF-Mitgliedsbuch
auszuhändigen. Wer sein Geld zum Stichtag vergessen
hatte, für den legte Ute erst mal aus.

Jeder konnte, ja jeder sollte geradezu ein bisschen
Macht ausüben. Es erinnerte an ein gemeinschaftlich be-
gangenes Verbrechen, bei dem sich noch das kleinste
Bandenmitglied auch die Hände schmutzig machen sollte,
damit später niemand vor Gericht auf unschuldig plädie-
ren könnte. Die Lehrer drängten uns auch, angeblichen
Eliteorganisationen beizutreten, in denen nichts von uns
erwartet wurde. Wer etwas bewegen wollte, wurde als
Störer empfunden. Der gesellschaftliche Kompromiss beruhte auf einer allgemeinen Ambitionslosigkeit.

Gleichzeitig konnte jeder auch über seine Ohnmacht

und den allgemeinen Stillstand jammern. Wenn etwas nicht funktionierte, die Bahn zu spät kam, der Schnürsenkel zerriss oder die Milch sauer wurde, brüllte man sofort: »So ein Osten!«, und wenn etwas gut war, sagte man gern: »Das ist ja wie im Westen!« Wer wirklich grundlegend etwas gegen den Staat hatte, konnte einen Ausreiseantrag stellen. Offiziell war das das Schlimmste, was man tun konnte, aber wenn die so Verbannten zwei Monate später Postkarten von der Cotê d'Azur schickten, wirkte diese Strafe wenig bedrohlich.

Diese Lethargie, den Stillstand verkörperte ich auch in meiner neuen Tanzinstallation vor der inzwischen vertrauten Kulisse meines Ferienlagers im Vogtland. Sicher spielte dabei auch eine Rolle, dass die Mädchen in den vergangenen zwei Jahren zunehmend über meinen »Jimmy Glitschi« gekichert hatten, und ich vermutete, dass das Kichern nicht den Erlebnissen des Jimmy galt, sondern darin möglicherweise ein Tropfen der Häme über mich gemischt war. Also schaute ich mir den Tanz ab, mit dem man kein Aufsehen erregte, und nahm ihn in mein Repertoire auf. Und so sah das aus: auf die Tanzfläche gehen und Grundstellung einnehmen, bis der dicke Harald, der natürlich immer noch unser Diskotheker war, seinen coolen Spruch beendet und die Play-Taste gedrückt hatte. Dann: die Arme anwinkeln, ein Gesicht machen, als säße man auf der Toilette, und: rechtes Bein nach rechts, linkes Bein neben rechtes Bein, linkes Bein nach links, rechtes Bein folgt. Nach einigen Minuten versuchen, im richtigen Takt zum Lied zu tanzen, nach dem Drücken der Stopp-Taste wieder Grundstellung einnehmen und abwarten. So tanzte ich ganze Abende hindurch, leistete meinen Beitrag pflichtgemäß, trank meine vorgesehene Ration Cola und tat, was ich tun konnte. Freude oder Trauer gab es nicht. Wenn ich noch ein paar Jahre so durchgehalten hätte, dann hätte mir als verdientem Tänzer des Volkes eines Tages vielleicht eine Hellerau-Schrankwand mit beleuchteter Glasvitrine zugestanden.

Die richtige Richtung

In der sechsten Klasse hatte ich eine Zeit lang Nora Zielinski geliebt, die Udo Burgstetter aus der siebten liebte, der wiederum ausschließlich Udo Burgstetter selbst liebte. Nora hatte lange, wehende schwarze Haare, große, sensible Augen, eine sanfte Stimme, und sie hörte *Yazoo*, was von den damals verfügbaren Möglichkeiten für Sechstklässlerinnen das Originellste war. Udo stand zwei Jahre lang in jeder Pause auf dem Schulhof, las weithin sichtbar in einer alten Taschenbuchausgabe von Sartres *Die Worte* und strich sich dabei die Haare aus der sorgenumwölkten Stirn. Klar, dass er Schwarm aller Mädchen war, sie wollten ihn retten. Ich versuchte, Noras Liebe zu gewinnen, indem ich ihr immer ein verständnisvolles Ohr lieh, wenn sie mir von ihrer Liebe zu Udo Burgstetter erzählte. Irgendwann würde Nora einsehen, dass mein Einfühlungsvermögen und meine Sensibilität viel liebenswerter waren als Udos überhebliches Draufgängertum. Zusätzlich hatte ich Nora mit Postern und Aufklebern ihrer Lieblingsband beschenkt, damit ihr in einer schlaflosen Nacht ein Licht aufginge, wer eigentlich ihr Innerstes wirklich verstand.

Vielleicht bewegte ich mich mit meinem Konzept in die richtige Richtung, ganz bestimmt aber zu langsam. Eines Tages schenkte ihr Udo eine überspielte Kassette von *Frankie goes to Hollywood* und überrannte damit die letzten Bastionen ihres wenig wehrhaften Herzens. Dass die Musiker von *Frankie* sämtlich schwul waren, wusste damals niemand von uns. Es wäre sonst für einen Jungen undenkbar gewesen, die Band öffentlich gut zu finden. Am selben Abend noch schob Nora auf der Schülerdisko mit Udo ab, was damals bloß wildes Zungenküssen hieß.

Mein passives Konzept war gescheitert, so dass ich die nächste Herrscherin meines Herzens mit aktiveren Mitteln zu erobern versuchte. Rahel war Mitglied der Clique an der Tischtennisplatte in den Betonfluchten von Friedrichsfelde-Ost, Treffpunkt der vorpubertären Jugend, aber niemand spielte dort jemals Tischtennis. Was sollten wir tun? Das Einzige, was wir mit Sicherheit wussten, war, dass wir keine Kinder mehr waren. Darüber hinaus war wenig klar. In die richtigen Klubs kamen wir noch nicht herein, für die Kinderdisko von 16 bis 20 Uhr waren wir uns schon zu schade, und von Zigaretten bekamen wir noch Durchfall.

So schlurfte die Jugend von Friedrichsfelde-Ost am Müllschlucker auf der Etage vorbei in den Fahrstuhl, fuhr ins Erdgeschoss ihrer Hochhäuser und schlurfte weiter zur Tischtennisplatte. Dort ließ man aus einem Kassettenrekorder die ganze Power von zweimal 3 Watt über die Betonwüste dröhnen. Problematisch für mich war nur, dass ich fast eine Stunde fahren musste, um mich dann gekonnt mit den anderen zu langweilen. Das war so gekommen: Mein Klassenkamerad Marko, der hier wohnte, hatte mich ein paarmal zur Tischtennisplatte mitgenommen. Weil ich bei mir zu Hause so eine Clique nicht kannte, machte ich einfach hier in Friedrichsfelde-Ost mit. Bestimmt gab es Ähnliches auch bei mir in der Gegend, aber ich konnte mir ja schlecht eine Clique in meiner Gegend aussuchen, mich dazustellen und einen Aufnahmeantrag ausfüllen.

So blieb der Fahrweg. Um die Verbindungen zu schaffen, hetzte ich in Ostkreuz oder Thälmannpark die S-Bahn-Treppen rauf oder runter, ging dann kurz vor dem Zielgebiet in ein äußeres und inneres Schlurfen über, grüßte mit einem gelangweilten: »Ha-loo«, hörte, oft ohne jedes Gespräch, gelangweilt depressive Musik, sagte irgendwann: »Ich geh dann jetzt wieder, egal« und begann außer Sichtweite, nach Hause zu rennen, weil ich sonst zu spät gekommen wäre.

Das Beste an dieser Clique war die Unkonventionalität. Wir brachen mit althergebrachten Regeln des Zusammenseins und küssten uns zur Begrüßung auf den Mund, nur Jungs küssten sich gegenseitig auf die Wange. Und vor allem deshalb hetzte ich mich immer so ab, denn dann konnte ich Rahel zur Begrüßung auf den Mund küssen, einfach so, ganz locker. Als sie eines Abends betrunken war, weil irgendjemand eine Flasche Weinbrand mitgebracht hatte, da knutschte und fummelte ich mit ihr, als gäbe es kein Morgen. Als Rahel am nächsten Tag wieder nüchtern war, sollte sich diese Befürchtung als vollkommen richtig herausstellen. Es gab kein Morgen für mich mit Rahel.

Zwar drehte ich in ihrer Gegenwart mächtig auf, erzählte Witze und mehr oder weniger wahre Geschichten aus meinem Schulalltag, in denen ich meist als gewitztes Bürschchen wegkam, oder brachte irgendwelche überspielten Kassetten mit. Ich gab mir Mühe, in ihrer Nähe zu stehen. Es war wie ein neuzeitlicher Minnesang, schöne Worte, die das Herz der Liebsten aufschließen sollen. Ich bildete mir ein, dass die wortlose Rahel unter ihrer weiß geschminkten Trauermiene in ihrem schönen Inneren jauchzte und jubilierte ob meiner gekonnten Elogen auf ihre Schönheit. Eines Tages reagierte sie endlich auch und richtete das Wort an mich. Sie schaute mir mit ihren dunkelbraunen Augen direkt in die Seele, öffnete ihre vollen tiefroten Lippen und sagte: »Kannst du nicht einfach mal die Klappe halten?« Ein paar Tage später nahm Rahel Rico die Zigarette aus dem Mund und steckte ihre Zunge hinein. Damit war die Sache für mich eigentlich erledigt.

Aus Gewohnheit fuhr ich noch eine Weile weiter zu der Tischtennisplatte in Friedrichsfelde-Ost, die zu einer Tischtennisplatte des vollkommenen Schweigens wurde. Der Bruch kam für mich an einem Tag im frühen März. Wir standen an der Platte, froren und schwiegen. Irgendwann tauchte Steffen auf, ein Mitglied unserer Clique. »Und?«, fragte er. »Was los gewesen?« Marko, der irgendwie das inoffizielle Oberhaupt der Clique war, sagte: »Ja, war eigentlich ganz gut gewesen. Wir haben Musik gehört, geraucht, bisschen Scheiße gebaut. Cool eben.« Erst da wurde mir klar, dass nichts bevorstand, dass wir uns auf nichts vorbereiteten, was wir eigentlich machen wollten, dass wir hier einfach nur sinnlos herumstanden. Es war der letzte Nachmittag, an dem ich die kostbare Zeit meiner Jugend gedankenlos über diese Tischtennisplatte fliegen ließ.

Mr. Robots Flucht nach vorn

Sicher wäre es glanzvoller zu behaupten, dass mich der große Roman eines unsterblichen Toten damals geprägt hätte. Doch das wäre pompös gelogen. Stattdessen hatte der Musikfilm *Beat Street* großen Einfluss auf mein Leben. In gewisser Hinsicht beschleunigte er sogar mein Erwachsenwerden, da ich mir für diesen Film einen falschen Personalausweis ausstellte, um mit dem gefälschten Dokument durch die Kontrollen zu kommen. Der Film war ab vierzehn Jahren zugelassen, und genauso alt musste man sein, um einen Personalausweis zu bekommen. Also kontrollierten die Kartenverkäufer nur, ob man einen Personalausweis besaß, nicht das Geburtsjahr. Aus einem Urlaubsfoto schnitt ich mein Gesicht wie ein Passfoto heraus und schob es hinter einer Plastikhülle im Ausweis meines Bruders über sein Foto. Oft genug kam ich damit durch und sah den Film dann Dutzende Male im stets ausverkauften Kino Toni.

Dass der Film überhaupt eine Handlung hatte, fand ich nur heraus, weil ich ihn so oft ansah. Es ging wohl um den Kampf sozial schwacher Jugendlicher in New York und ihren Sieg über das Schicksal. Aber ich konnte mich kaum auf die Handlung konzentrieren. Viel wichtiger waren die grellbunten, illegalen Graffiti an den Wänden, die illegalen Klubs in leer stehenden Wohnungen, natürlich die Musik und der Breakdance! Das alles war so unvorstellbar cool. Als ob sie in New York eine ganz andere, uns weit überlegene Art von Jugendlichen züchteten oder als ob diese Jugendlichen doppelt so lange Zeit hatten, richtig cool zu werden, wofür uns nur achtzehn Jahre blieben.

Für einen Ausreiseantrag nach New York hätte ich wahrscheinlich die Unterschrift meiner Eltern gebraucht, und es war zu vermuten, dass die da nicht mitspielten. So blieb mir nur die Flucht in eine Scheinwelt. Wieder wurde mein Podium das Sommerferienlager in Leubnitz bei Plauen, ich wusste noch nicht, dass es das letzte Mal sein würde. Hier gab es Denny, und der konnte Breakdance. Es kostete mich alle Süßigkeiten aus meinem Paket von zu Hause und fünf Zigaretten der Marke *Club*, damit Denny mich den Breakdance lehrte. Ich lernte als »Breaker« vorwärts- und rückwärtszugehen, an einer Wand zu tanzen und an einer Ecke zu lehnen. Denny selbst konnte noch zwei Sprünge, die er mir beizubringen versuchte. Aber trotz fleißigen Übens konnte ich die Bewegungen einfach nicht meistern. Ich arbeitete also lieber an der Perfektion meines vorhandenen Repertoires.

In der Ortsapotheke kaufte ich mir ein Paar Baumwollhandschuhe für Neurodermitiskranke, von unserer Gruppenleiterin borgte ich mir eine tropfenförmige Sonnenbrille mit Goldrand aus, bei deren Gläsern die Tönung von oben nach unten abblasste. Dazu zog ich meinen bedruckten Pullover aus dem Westen, eine Jeans und ein Paar weißer Germina-Turnschuhe mit zwei blauen Streifen an, die den Westoriginalen nicht gerade zum Verwechseln ähnlich sahen. Als der dicke Axel endlich »Rock it« von Herbie Hancock auflegte, war es so weit. Ich tanzte meine Flucht in die bessere Welt der drogenverseuchten Gettos der South Bronx. Mit mir tanzte mein weiser Lehrer, der dreizehnjährige Denny aus Potsdam-Babelsberg. Um uns herum bildete sich ein Kreis von Ferienlagerkindern, die im Takt mitklatschten. Es war wie im Film. Wir törnten die Menge mit unseren Pantomimekrachern an, es lief bestens. Dann zeigte Denny seine zwei Sprünge, und die Menge tobte. Auf die linke Hand und darauf drehen und so eine Art Kasatschok im Zerhackertempo. Denny stand wieder auf, tänzelte mich an und übergab mir die Bühne, indem er auf meine weißen Baumwollhandschuhe klatschte.

Ich konnte jetzt nicht weiter an einer imaginierten Wand entlanglaufen, und auch mein Plan, den Rückwärtsgang als Höhepunkt meiner gesamten Show zu präsentieren, war in diesem Augenblick gescheitert. Mir passierte das Schlimmste, das einem Bühnenkünstler passieren kann: Während der Vorstellung begann ich an meinem Material zu zweifeln. Mir wurde bewusst, dass ich hier nur eine schlechte Pantomime zeigte, wenn ich meinem Publikum nicht mehr zu bieten hatte. Es gab jetzt nur noch die Flucht nach vorn. Schließlich hatte ich die Sprünge lange geübt, und vielleicht hatte mir nur das

Adrenalin gefehlt. Vielleicht würde es mir jetzt hier vor all den Leuten gelingen. Ich entschied mich für die Bodenwelle, einen schlangenartigen Bauchsprung auf beide Hände, nach dem ich mich auf den Rücken werfen und wie eine Schildkröte herumwirbeln wollte. Ich hob ab, hatte das Gefühl, dass bei meiner Landung etwas in meiner rechten Hand zerbrach, und rollte zwar auf den Rücken, aber vor Schmerzen gekrümmt und unter unsouveränen Schreien. Die Umstehenden glotzten, der dicke Harald machte die Musik aus und das Licht an. Ein Rettungswagen fuhr mich ins Krankenhaus. Glücklicherweise war es die Abschlussdisko gewesen.

Haus der Pioniere

Von allen Orten dieser Welt lernte ich Sarah ausgerechnet im Haus der Pioniere »German Titow« kennen. Titow war wohl der zweite Russe im Weltall gewesen, und die Ironie seines Vornamens war den Funktionären offensichtlich entgangen, weil sie sonst vielleicht nur den Nachnamen oder die Initiale seines Vornamens verwendet hätten. Dort jedenfalls war ich Sarah in der »Arbeitsgemeinschaft Junge Informatiker« begegnet.

Ich war ein schrecklicher Schüler, der Albtraum jedes Lehrers. Pausenlos unterhielt ich mich mit meinen Banknachbarn, las Bücher unter der Schulbank oder riss Witze auf Kosten der Lehrer. Gleichzeitig fiel es mir nicht schwer, dem Unterrichtsstoff zu folgen, so dass ich nicht einmal als schlechtes Beispiel dienen konnte: »Seht her, der Sascha passt nicht auf, und deswegen versteht er auch den Cosinus nicht.« Ich verstand den Cosinus schon. So langsam und idiotensicher, wie unsere Lehrer alles erklärten, hätte ein Shetlandpony den Cosinus verstanden. Meine Lehrer suchten immer nach Möglichkeiten, mich vom normalen Unterrichtsgeschehen fernzuhalten. Häufig geschah das dadurch, dass sie mich einfach zur Strafe vor das Klassenzimmer stellten. Mittwochs ab fünfzehn Uhr durfte ich die Schule vorzeitig für den Besuch der »AG Informatik« verlassen.

In der achten Klasse wurde ich in diese Arbeitsgemeinschaft verfrachtet, damit ich etwas mit meiner überschüssigen Energie anfangen konnte. Eigentlich liebte ich Fremdsprachen, englische Romane und russische Lieder, aber das zählte nicht. Ich sollte im »German Titow« lernen, wie man mit einem Computer die erste Marsmission steuert. Doch letztlich war auch ich einverstanden mit dieser Maßnahme, weil ich dadurch die Aussicht hatte, jeden Mittwoch auf eine halbe Stunde Geschichtsunterricht bei der verblödeten Frau Günther zu verzichten.

Die Arbeitsgemeinschaft bestand darin, dass wir in einem Raum in der dritten Etage des Pionierhauses vor riesigen Fernsehern saßen, die auf noch riesigeren Blechkästen standen, die über Festplatten von sechzehn Kilobytes verfügten und in die wir mithilfe von Tastaturen, die aussahen wie Knopfbretter für Kleinkinder, Programme in der Programmiersprache Basic tippen sollten. Neben den Blechkästen standen Kassettenrekorder, auf denen wir unsere Programmierversuche am Ende des Tages unter lautem Fiepen und Brummen abspeicherten. Andauernd ging etwas schief beim Speichern und Hochladen, die Kassetten waren nicht gut genug, oder das Kabel zwischen Rekorder und Computer hatte einen Wackelkontakt, oder das Zählwerk hakte. Es war ein Trauerspiel.

Über unser Gefiepe und Getippe präsidierte Herr Möller, ein Informatikstudent, der hier wohl im Rahmen eines Parteiauftrags die Eroberer der Zukunft schulen sollte. Im Wesentlichen sah es auch so aus, als ob das klappen könnte: Die meisten Kursteilnehmer trugen jetzt schon ebensolche blassblau und rosa karierten Hemden wie Herr Möller. Sie tippten emsig Programme zur linearen Regression und zur Generation zufälliger Primzahlen.

Und dann gab es noch Sarah und mich.

Der Eindruck, den Sarah auf mich machte, als ich sie dort am ersten Kurstag sah, kann mit Worten nicht vollumfänglich beschrieben werden. Ich hatte mir ruhige Mittwochnachmittage im Kreis von computerinteressierten Jungs vorgestellt. Ich hatte mir überlegt, die AG gelegentlich zu schwänzen und Eis essen zu gehen. Aber niemals hätte ich damit gerechnet, dort die Antwort auf all die Fragen zu finden, mit denen mich mein hormonüberfluteter Körper seit Monaten quälte.

Sarah war wie eine wunderschöne Rose, die auf einem Misthaufen blühte. Sie war nicht nur das einzige Mädchen in unserer Gruppe, sondern sie war das schönste Mädchen, das ich jemals gesehen hatte. Der Begriff »junge Frau« traf auf niemanden so zu wie auf Sarah. Sie schminkte sich dezent, trug ihre langen dunkelblonden Haare souverän in einem locker gebundenen Zopf und war gekleidet wie eine berühmte Sängerin, die nicht erkannt werden will.

Zum Vergleich sei gesagt, dass zur selben Zeit die Mädchen meiner Klasse mit den verschiedenen Formen von Dauerwellen experimentierten und Karottenhosen sowie Pullover mit Fledermausärmeln in den Farben

Mintgrün und Schweinchenrosa bevorzugten. Es dauerte weniger als zwanzig Sekunden, bis ich Sarah rettungslos verfallen war.

Die computerinteressierten Jungs saßen gern vorn, tippten und stellten Fragen an Herrn Möller. Dadurch fanden sich Sarah und ich automatisch in der letzten Reihe wieder, wo wir uns ungestört unterhalten konnten. Wenn Herr Möller bei uns vorbeikam, taten Sarah und ich so, als hätten wir Schwierigkeiten mit dem Kassettenrekorder oder der Tastatur. Bestimmt war es ihm letztlich egal, was wir machten. Die AG war freiwillig, und es war offensichtlich, dass die echten Talente ohnehin in der ersten Reihe saßen.

Durch Sarah wurde die »AG Info« zum wichtigsten Ereignis meiner Woche. Nichts konnte mich daran hindern, mittwochs pünktlich dort zu erscheinen, auch wenn ich mich überhaupt nicht für Informatik interessierte. Selbst wenn Frau Günther eine Geschichtsarbeit schreiben wollte, überzeugte ich sie, diese keinesfalls an einem Mittwoch zu schreiben, da mein Besuch in der »AG Info« für das Wohlergehen des Staates gänzlich unverzichtbar wäre. Sollten sich doch die anderen Kursteilnehmer darum bemühen, funktionierende Programme zur Tangentialberechnung zu schreiben, mein Kursziel bestand darin, mich mit Sarah anzufreunden.

Ich fand heraus, wo sie wohnte, wo sie zur Schule ging, dass sie in ihrer Freizeit gern zu Konzerten ging und wie ihre Freundinnen hießen. Viel zu viel erfuhr ich auch darüber, wie ihre Freunde hießen, Holger, Bernie oder Kräuter beispielsweise. Ich fühlte mich zwar geschmeichelt, dass Sarah mich in diese Details ihres Gefühlslebens einweihte, wünschte mir aber, dass es mal eine Pause bei der langen Reihe ihrer Freunde gegeben hätte.

Dass Sarah mich noch nicht zu ihrem Freund machen würde, war vollkommen klar und beunruhigte mich keineswegs. Das war ein Projekt, das länger dauern würde. Schließlich war ich bei kritischer Betrachtung nicht viel besser als die computerinteressierten Jungs aus der ersten Reihe, bloß nicht an Computern interessiert. Ich trug zu dieser Zeit irgendwelche Pullover und abgelegte Jeans von mir unbekannten Westverwandten und einen Mittelscheitel, den ich mir von der Friseurin hatte aufschwatzen lassen, weil ich mich nicht zwischen rechts oder links hatte entscheiden können. Ich kannte keinen der Klubs, von denen Sarah erzählte, und über einen nennenswerten Musikgeschmack verfügte ich auch noch nicht. Aber ich war bereit zu lernen.

Eines Tages war es dann so weit. Sarah fragte mich, ob ich nach der AG noch mit zu ihr nach Hause kommen wollte. Was für eine Frage! Ich hätte damals beide Beine gegeben und wäre mit dem Rollstuhl gefahren, nur um mit zu Sarah nach Hause zu dürfen. Sie wohnte in Mahlsdorf, etwas außerhalb, aber mit dem Finger auf dem Stadtplan hatte ich sie schon oft besucht, so dass ich die Verkehrsverbindungen und die Straßen gut kannte. Wie sich herausstellte, musste Sarah zum nächsten Tag in Russisch einen Aufsatz abgeben, über ein Buch, das sie noch nicht gelesen hatte. Ich war natürlich gern bereit, ihr zu helfen.

Ihr Zimmer roch nach Parfum und war mit Erwachse-
nenmöbeln ausgestattet. In der Ecke stand ein schmiede-
eisernes Bett, und an der Wand hing ein goldener Rahmen, der eine echte, weiß eingefärbte Rose einfasste.
Wenn ich das sah, durfte ich nicht an mein Zimmer
denken, das immer noch mit meinen weiß-orangefarbe-
nen Kinderschränken und einem Doppelstockbett möb-
liert war, dessen Oberteil nicht mehr benutzt wurde,
seitdem mein großer Bruder ausgezogen war. Überall in
meinen Schränken waren Spielzeugkästen und Figuren,
wo man bei Sarah nur Spiegel, Schminkzeug und Schul-
sachen sah.

Ich setzte mich an den Schreibtisch und sah mir die
Hausaufgabe an. Zum Glück kannte ich das Buch schon,
bei uns war es vor ein paar Wochen Thema gewesen.
Sarah brachte mir einen Apfelsaft, und ich schrieb für sie
einen Aufsatz, der sicherlich besser war als irgendetwas,
das ich jemals für mich selbst in der Schule abgegeben
hatte.

»Meine Güte, hast du eine Handschrift«, lachte sie,
als sie schließlich das Ergebnis sah. Meine Drei in Schönschrift war sozusagen das Wildeste, was ich nach acht
Jahren Schule vorzuweisen hatte. Dass ich im Sport immer mindestens genauso schlecht war, ließ ich lieber
unerwähnt. Ich hatte eben Schwierigkeiten in Grob- und
Feinmotorik.

Sarah bedankte sich und verabschiedete sich von mir.
Schließlich musste sie noch meinen Aufsatz in ihrer
Handschrift abschreiben. Der Heimweg, für den ich
immerhin vom Bus in die S-Bahn und zuletzt in die

Straßenbahn umsteigen musste, erschien mir nicht mal besonders lang. Überglücklich schaute ich durch die verschmierten Scheiben von Bus und Bahn in die Berliner Nacht. Vielleicht war Sarah aufgrund ihrer Schönheit auch häufig sehr einsam, weil niemand sich traute, sie anzusprechen, weil man ohnehin nicht an sie herankam, eben weil sie viel zu schön war.

Mein Plan bestand darin, dass aufgrund dieser Einsamkeit ihre Begierde irgendwann einmal übermächtig werden würde und sie ihrem guten Kumpel Sascha die Hausaufgaben aus der Hand wischen und ihn in schierem Verlangen in ihr Bett ziehen würde. Zwar war die Liste der Jungs, die sich nicht durch diese verwickelten Überlegungen abhalten ließen, bisher praktisch lückenlos gewesen. Aber das würde schon werden, dachte ich mir.

Nummer eins

Ich begann noch am selben Abend damit, mein Zimmer gründlich umzuräumen. Einiges Spielzeug schmiss ich einfach weg, und die Spiele, die mir immer noch Spaß machten, wie zum Beispiel das tschechische Eishockeyspiel, verstaute ich in den abschließbaren Schränken, damit sie ein Besucher keinesfalls sähe, wenn er ins Zimmer kommen würde.

Dieser imaginäre Besucher war natürlich niemand anderes als Sarah. Was Ralf, Jochen oder Matias in meinen Schränken fanden, war mir weiterhin egal. Sie waren schon oft hier gewesen und hatten nie etwas zu bemängeln gehabt, ihre Zimmer sahen schließlich sehr ähnlich aus. Aber ich sah jetzt mein Kinderzimmer mit den Augen von Sarah und wollte deswegen grundlegende Veränderungen daran vornehmen. Jetzt, da ich bei ihr zu Hause gewesen war, war es sehr gut möglich, dass auch sie mich einmal besuchen würde. Bei dieser Gelegenheit wollte ich mich nicht vollkommen blamieren. Zur größten Verwunderung meiner Eltern trug ich sogar den Staubsauger in mein Zimmer und saugte freiwillig den Teppich.

Es war nicht nur das Zimmer. Ich bemühte mich, mein ganzes Leben so einzurichten, dass mich Sarah darin besuchen konnte. Von meinen Großeltern wünschte ich mir einen Rucksack, den ich als Schultasche gebrauchen konnte. Die meisten aus meiner Klasse kamen mit Umhängetaschen oder West-Plastiktüten, Sarah hatte mir aber erklärt, dass Rucksäcke der neue Trend seien. Meine Mutter informierte ich, dass mir meine Hosen nicht mehr passen würden, und schleppte sie in ein Geschäft für Jugendmode. Allerdings waren die meisten Sachen, die es dort gab, noch um ein Vielfaches hässlicher als das abgetragenste Kleidungsstück, das uns aus den Westpaketen erreichte. Immerhin konnte ich meine Mutter dazu bewegen, mir einen Schwung Unterwäsche für Erwachsene zu kaufen.

Durch das Fernsehen wussten wir, was wir anziehen wollten, durch die Mauer konnten wir an nichts davon herankommen. Die Einzigen, die mir in dieser Not helfen konnten, waren meine Großeltern. Sie hatten Westgeld, und sie konnten nach Westberlin fahren. Leider war der Grund dafür, warum sie nach Westberlin fahren konnten, auch das größte Problem dabei, mir zu helfen: ihr Alter.

Ich hatte meiner Großmutter im Detail erklärt, wie die Turnschuhe aussahen, die sie mir mitbringen sollte: schwarze Basketballschuhe aus Stoff mit weißen Gummisohlen. Ich hatte ihr sogar eine kleine Zeichnung mitgegeben, meine Schuhgröße kannte sie. Ungeduldig hatte ich in der Friedrichstraße neben Dutzenden anderen gestanden, die die Rückkehr ihrer Großmütter erwarteten.

Unter der Last der Plastiktüten waren die Rücken der Großmütter gekrümmt, sie schleppten sich durch die Grenze wie die Fabrikarbeiter in einem kitschigen Russenfilm, angstvoll blickten sie nach vorn zu ihren Verwandten. Hatten sie die richtigen Kopfhörer, die richtigen Rollgurte, die richtigen Sonstwas gekauft? Dramen spielten sich gleich hinter der Grenze ab: »Das ist ja ein 286er! Ich hatte doch extra gesagt, du solltest einen 386er mitbringen!«

Meine Großmutter aber strahlte mich an und überreichte mir einen Schuhkarton. Darin lagen weiße Lederturnschuhe mit rosa Netzapplikationen und einer Art grüner Knautschzone im Spannbereich. Vielleicht hätte meine Großmutter selbst sie gern getragen. »Sieh mal, die waren sogar noch billiger als die Schuhe, die du aufgeschrieben hattest, und sind ganz aus Leder«, sagte sie glücklich. Ich war zerknirscht. Achtzig D-Mark in den Mülleimer geschmissen. Ich würde diese Schuhe niemals anziehen können, aber ich brachte es auch nicht übers Herz, dies meiner glücksstrahlenden Oma zu sagen. Der Gedanke, dass meine Oma die richtigen Schuhe in der Hand gehabt und sich dann für diese hier entschieden hatte, war kaum auszuhalten.

Und doch brauchte ich meine Großeltern. Ich konnte Musik aus dem Radio aufnehmen, aber die beste Musik lief nicht im Radio, und auf lange Sicht zählten nur ganze Platten. In der Regel überspielte man die von den überspielten Kassetten anderer, die Musik war bei der dritten oder vierten Kopie dann kaum vom Rauschen auf den Bändern zu unterscheiden. Im Idealfall durfte man sich die Kassette direkt mit einem fünfpoligen Überspielkabel von der Platte überspielen. Aber dafür brauchte man selbst mindestens eine überspielwürdige Platte. Ohne Kataloge und Zeitschriften war es ungeheuer schwer herauszufinden, wie eine solche Platte auch nur heißen könnte. Alle guten Schallplatten waren unersetzliche Einzelstücke, und mit jedem Abspielen nutzte man die Platte ab. Selbst die Plattenbesitzer hörten sie lieber auf einer überspielten Kassette, um die Platte zu schonen. Was man nicht brauchte, war das zweite Exemplar einer Schallplatte, die schon irgendjemand anderes besaß, den man kannte. Das wäre absolute Verschwendung gewesen.

Also schickte ich meine Großeltern mit genauen Anweisungen los: »Irgendwas von *The Cure* außer ›Love Cats‹ und ›Standing on a Beach‹ oder irgendwas von *Depeche Mode* außer ›A Broken Spell‹.« Trotzdem ging es schief. Meine Großeltern ließen sich Maxisingles aufschwatzen oder Platten von Hardrockbands oder was von Johnny Cash statt *The Clash* oder oder. Einmal zogen sie zu meinem absoluten Entsetzen eine *Modern-Talking*-Platte aus der Tüte: »Das ist die Nummer eins in Westdeutschland«, erklärten sie lächelnd. Immerhin waren meine Großeltern so nett und großzügig, mir zehn Schallplatten mitzubringen, von denen drei einen guten Marktwert besaßen.

Sarah traf ich weiterhin mittwochs in der AG, aber es musste uns klar sein, dass uns Herr Möller nicht einladen würde, auch im nächsten Schuljahr mitzumachen. Wir hatten nicht ein einziges Programm geschrieben, und während ich meine Kassetten mit den *Screaming Blue Messiahs* bespielte, brachten die computerinteressierten Jungs auf ihren Kassetten Programme mit, die fast eine halbe Kassettenseite lang waren und mit denen man ganze Roboter steuern konnte.

Ich hoffte nur inständig, dass es trotzdem mit Sarah und mir weitergehen würde. Ich war zuversichtlich, weil ich noch zweimal mit zu ihr nach Hause gedurft hatte. Einmal hatte es ein Problem mit einer Englisch-Hausaufgabe gegeben und einmal in Deutsch.

Wir dachten, so geht Pogo

Immer häufiger fluchte ich über den »Osten« und die »ganze Scheiße«. Aber ich war noch zu jung und kannte kein Forum Gleichgesinnter. Gemeinsam mit Matias aus meiner Klasse war ich sauer auf das Schweinesystem, aber das System merkte nichts davon, wenn wir zusammen Hausaufgaben machten oder uns gegenseitig Punkmusik überspielten. Als einzige Möglichkeit, unserer Wut Ausdruck zu verleihen, erschien uns die alljährliche Weihnachtsdisko unserer Klasse. Jeder brachte Lebkuchen mit, und es wurde grusinischer Beuteltee gekocht. Unsere Klassenlehrerin zeigte blau und rot rauchende Chemieexperimente, und wir durften einen Super-8-Film aus dem Lehrmittelkabinett rückwärts abspielen. Von fünfzehn Uhr bis fünfzehn Uhr dreißig war dann der Programmteil »Disko« vorgesehen. Wir zogen die schwarzen Vorhänge vor die Fenster, und jeder legte eine zu Hause zurechtgespulte Kassette in den Rekorder, dessen Lautstärkeregler wir auf den Anschlag gedreht hatten und der von der Klassenlehrerin ein bisschen leiser gestellt wurde. Erst spielten die Mädchen *a-ha* und tanzten dazu, während wir Jungen glotzten. Dann legten ein paar Jungs *Tears for Fears* ein, setzten sich wieder hin, und alle glotzten. Schließlich zückte Matias seine Kassette und blinzelte mir zu. Ein Lied von den *Toten Hosen*, bestimmt war es »Disko in Moskau«, schepperte hoffnungslos verzerrt aus dem Rekorder. Wir stellten uns in verschiedenen Ecken der Tanzfläche auf, hopsten auf der Stelle und ruderten mit den Armen. Das hatten wir so ähnlich im Fernsehen gesehen. Wir dachten, so geht Pogo.

Nach ein paar Takten dieses Schauspiels brach meine Klassenlehrerin entsetzt die Disko ab, und am nächsten Morgen wurden die ungeheuerlichen Geschehnisse des Vortages kritisch ausgewertet. Wir hatten unser Ziel erreicht.

Für schnelllebige Modewellen war die DDR vollkommen ungeeignet. Daher war der Pop und alles, was dazugehörte, wenig verbreitet. Bis man an eine abgelegte Westzeitschrift kam, um der Oma den Schnitt der Klamotten zu erklären und dem Friseur die Haarmode zu zeigen, war der Zug schon wieder abgefahren. Daher eigneten sich eher mittelfristige Modewellen wie Punk, Grufti, Skin, Mod oder Rocker. Ich entschied mich für »New Romantic«, eine Untergruppe der Gruftis, die weiße statt schwarzer Hemden trug. Dabei spielte es eine Rolle, dass man leichter an weiße als an schwarze Oberhemden herankam.

Meine künstlerische Auseinandersetzung mit dem System war wieder von Lethargie geprägt, aber diesmal war es die Lethargie der Pubertät. Ein Funke war entzündet und hatte kein Feuer entfacht. Und jetzt tat dieser

Funke so, als ob nichts anderes jemals sein Ziel gewesen wäre, als ob er ohnehin nie mehr in seinem Leben gewollt hatte, als langsam zu verglühen.

Aber es war klar: Bei der ersten echten Gelegenheit, wenn der Funke nur den Hauch einer Chance bekäme, würde er ein Feuer in Gang setzen, so groß es nur eben geht.

Meine Tanzinstallation für diese Periode sah wie folgt aus: Mit meinen Kumpels hockte ich hinter einem Glas Cola-Weinbrand auf gepolsterten Stahlrohrstühlen an einem Sprelacart-Tisch in der Klubgaststätte *Kalinka*, bis endlich ein Lied von *Anne Clark* oder *The Cure* kam. Das *Kalinka* war vermutlich nach dem russischen Volkslied benannt, das von einem Mann erzählt, der sich daran erinnert, wie seine wunderschöne Freundin ihm durch einen Obsthain am Flussufer dereinst entgegenlief. Glücklicherweise lief solche Musik nie im *Kalinka*. Kam ein besonders depressives Lied, schlurften wir auf die Tanzfläche. Ich trug schwarz gefärbte Hosen, schwarze Halbschuhe und ein weißes Oberhemd, das ich mir bei meinem Vater ohne sein Wissen geborgt hatte. Das Gesicht hatte ich mir mit einer dünnen Schicht Zinksalbe weiß geschminkt, die laut Verpackung besonders für die Behandlung wunder Babyhaut geeignet war. Dieses Detail musste mein Geheimnis bleiben. Echte Weißschminke gab es nicht. Meine Haare waren schwarz gefärbt und mit einem Kamm sowie dem Haarspray »Disko-Club« auftoupiert. Dieses Haarspray diente wahrscheinlich heimlich dem Schutz der Jugend vor ungewollter Schwangerschaft, denn es stank abstoßend.

Wir stellten uns in einem Kreis auf, in dem die Mädchen ihre kleinen Handtaschen abstellten. Im Gegensatz zu meiner Performance vor fünf Jahren, wo ich den Stillstand des Systems noch durch Seitwärtslaufen auf der Stelle zum Ausdruck gebracht hatte, ging ich nun noch einen radikalen Schritt weiter: Meine Füße bewegten sich überhaupt nicht mehr. Sie standen reglos da, dicht nebeneinander. Nur die Arme ruderten verzweifelt, Halt suchend in der Gegend herum. Dazu blickte ich so, als ob mein bester Freund Suizid hieße und der Freitod für mich ein möglicher Weg weiterer Lebensgestaltung wäre.

Das Leben eines New Romantics war nicht ungefährlich, und die Unaufrichtigkeit unserer Selbstmordphantasien offenbarte sich nach jedem Tanzabend. Am Ausgang vom *Kalinka* versammelten sich nach der Disko immer Skins, die unsere traurigen Existenzen problemlos hätten beenden können. Stattdessen verließen wir das *Kalinka* ziemlich frühzeitig. Wir waren alle so unsportlich, dass wir keine würdigen Gegner abgaben. Mit unseren wehenden Klamotten hatten wir nicht mal Aussicht auf erfolgreiche Flucht.

Wieder nur der Vollidiot

Die schönste gemeinsame Nacht, die ich jemals mit Sarah verbrachte, bestand in einer zweistündigen Fahrt in einem hellblauen Trabant von Doberlug-Kirchhain nach Berlin. Sie hatte zu diesem Konzert von *Productive Cough* fahren wollen, einer Band, die in Berlin angeblich Auftrittsverbot hatte und deswegen nur in der Provinz spielen konnte. Weil Sarah nicht wusste, wie sie selbst nach Doberlug und wieder zurück kommen sollte, hatte sie mich gefragt, ob wir nicht gemeinsam fahren wollten. Das bedeutete natürlich auch, dass ich die Verbindungen heraussuchen und die Zugfahrkarten für uns beide kaufen musste. Aber das war kein Problem, schließlich war Sarah die Frau meines Lebens.

Doberlug-Kirchhain war eine Kleinstadt in einer zerklüfteten Gegend, in der Braunkohle in riesigen Tagebauen abgebaut wurde. Jede Parkbank, jeder Stromkasten war mit einer dichten Kohlestaubschicht überzogen. Wir fragten uns zu dem Klub durch und kamen zwei Stunden vor Konzertbeginn dort an. Mit dem Zug danach wären wir zu spät gekommen. Die Türen des Klubs standen weit offen, die Musiker trugen noch die Instrumente auf die Bühne. Der Raum erinnerte mich an eine Turnhalle, er war groß und rechteckig. Die einzigen Fenster waren schmale Oberlichter, durch die das warme Abendlicht fiel. Gleich neben der Tür war der Getränkeausschank, die Bühne lag im hinteren Teil des Raumes. Es gab einen grünen Vorhang, der, wie eine Gardine geöffnet, links und rechts über der Bühne hing. Ein Rednerpult war in einer Ecke abgestellt, an der Wand hing mit weißen Buchstaben auf rotem Leinenstoff irgendeine Parole über gute Arbeit, gute Leistungen und Sozialismus. Ein sogenannter Mehrzweckraum: Konzert am Sonnabend, Brigadefeier am Mittwoch.

Productive Cough versuchten, mit dem Techniker des Klubs die Instrumente und Mikrofone an das Mischpult anzuschließen. Immer wieder griff der Techniker dazu in eine riesige Holzkiste, aus der er Adapter zog, die er offensichtlich teilweise selbst zusammengelötet hatte. Klinke auf Diode, Fünf-Pol auf Koaxial, große Klinke auf kleine Klinke. Nach und nach waren immer mehr der Instrumente über die Boxen zu hören. Dann gab es einen kurzen Soundcheck, und schließlich stellten die Musiker ihre Instrumente auf der Bühne ab und kamen zum Ausschank, wo wir die ganze Zeit gestanden hatten.

»Hey«, sagte der Sänger erfreut, als er Sarah sah. »Was machst du denn hier?« Er gab ihr die Hand, als wolle er Sarah eigentlich küssen.

»Ach, ich war gerade in der Gegend und dachte, ich schaue mal vorbei«, sagte Sarah, wobei sie lachend ihren Kopf nach hinten legte und sich eine Strähne aus dem

Gesicht warf. Sie trug ihr schulterlanges, dunkelbraunes, leicht gelocktes Haar offen an diesem Abend.

Der Sänger sah kurz mit einem fragenden Blick zu mir herüber. »Das ist Sascha«, erklärte Sarah.

»Hallo.« Er drückte mir auch kurz die Hand, für mich schmerzhaft. Er war breitschultrig, hatte einen blonden Scheitel und war von oben bis unten in Westklamotten gekleidet.

Einer vom Klub kam zu uns herüber. »Dose«, sprach er den Sänger an. »Wir machen jetzt Einlass.«

»Ist o. k.«

»Müssen die auch bezahlen?« Mit dem Kinn machte er eine Geste in unsere Richtung.

»Nein«, sagte Dose. »Die sind von uns.« Sarah schenkte ihm dafür ein Lächeln, das meiner Meinung nach stark übertrieben war.

»Woher kennst du die eigentlich?«, fragte ich Sarah, als die Band endlich auf die Bühne gegangen war, um anzufangen. Der Saal war mittlerweile gut gefüllt mit der üblichen Mischung aus Punks und solchen, die es einmal werden wollten. Sie hatten die Vorhänge zugezogen und Dämmerlicht angemacht, aus den Boxen kamen englische Klassiker von *Clash* und den *Sex Pistols*.

»Ich hab die mal im *Schmenkel* gesehen und fand den Sänger so süß. Und da habe ich gefragt, wann sie mal wieder spielen«, sagte Sarah. Der *Schmenkel* war ein Klub in Baumschulenweg, benannt nach einem antifaschistischen Widerstandskämpfer.

»Ich denke, die haben in Berlin Auftrittsverbot?«

»Im Prinzip schon. Das im *Schmenkel* war eine Art Geheimkonzert.«

Wie gut es war, dass wir im Osten lebten, so konnte man sich noch die schlimmsten Misserfolge mit politischen Ursachen wie Auftrittsverboten und Zensur schönreden. Im Westen musste eine Band der Tatsache ins Auge sehen, dass sie keinen Auftritt in Berlin bekam und nur in der Provinz spielen konnte, im Osten war so eine Band der Meinung, Auftrittsverbot zu haben. Natürlich war ich sauer darüber, dass ich wieder nur der Vollidiot gewesen war, der Sarah nach Doberlug-Kirchhain begleiten sollte, damit sie dort irgendeinen Dose treffen konnte. So hatten wir die Konstellation: Sascha liebt Sarah, aber Sarah liebt Dose, und Dose liebt Dose. Doch so wie ich das Spiel kannte, würde sich das bald geändert haben: Sarah liebt Dose, und Dose liebt Sarah, nur Sascha liebt Sarah immer noch. Ich erlebte diese Konstellation nun schon seit fast einem Jahr mit Andi, Fetzer, Meise und Drescher und wer weiß wie vielen anderen Idioten.

Productive Cough waren nicht mal übel, vorn tobte der Tanzmob. »Wir müssen bald los«, brüllte ich Sarah ins Ohr.

»Was?«

»Wir bekommen sonst unseren Zug nicht mehr.«

»Dann nehmen wir einen späteren«, brüllte sie zurück. Es war schön, wenn wir so nah beieinanderstanden und sie sich zu mir herüberbeugte. Die anderen Konzertbesucher dachten bestimmt, dass wir zusammen waren. Wenn ich uns beide so gesehen hätte, ich hätte das gedacht.

»Es gibt keinen späteren Zug«, rief ich.

»Ist egal, wir kommen schon zurück.«

Ich brauchte nicht zu fragen, wie sie zurückzukommen meinte. Während sie tanzte, starrte sie Dose auf der Bühne die ganze Zeit lächelnd an.

Nach dem Konzert hatten wir noch ein paar Bier mit der Band getrunken, wobei ich mich unangenehm als das notwendige Übel fühlte, der stumpfsinnige kleine Bruder, den man ertragen musste, weil ohne ihn die holde Schwester nicht aus dem Hexenhaus herausgekommen wäre. Trotzig trank ich mein Freibier in dem mittlerweile wieder leeren und dunklen Saal, während Dose und Sarah sich lachend und scherzend näherkamen. Die anderen Musiker unterhielten sich miteinander und rauchten.

»Dann werden wir mal«, sagte Dose schließlich spät in der Nacht. »Wie kommt ihr nach Hause?«

»Noch keine Ahnung, wohl mit dem Zug«, sagte Sarah.

»Der nächste fährt morgen früh, fünf Uhr zweiundvierzig«, sagte ich düster.

»Das ist doch Quatsch«, sagte Dose. »Du kannst bei mir mitfahren.«

Ich warf teuflische Blicke zu Sarah herüber. Wenn sie dachte, mich hier in diesem Kohlennest sitzen zu lassen, nachdem ich die Fahrkarten zu dem Scheißkonzert von der Scheißband ihres Scheißsängers besorgt hatte, dann würde ich ihre Pläne durchkreuzen und dafür sorgen, dass sie diese Nacht mit mir in Doberlug verbringen würde, tot oder lebendig.

»Und was ist mit Sascha?«, fragte sie zu ihrem Glück.

»Ach so, den können wir auch noch mitnehmen.«

Weil der Keyboarder sich weigerte, die kleine Hinterbank des blauen Trabants mit zwei Leuten zu teilen, bloß weil Dose irgendein Mädchen mitnehmen wollte, musste Sarah mit mir und dem Schlagzeuger hinten sitzen. Sarah saß in der Mitte. Der Radkasten des Trabant drückte in meine rechte Seite, der Gürtel von Sarah in meine linke. So saßen wir zwei Stunden, ich dicht gedrängt an meine Sarah. Meistens sah sie verträumt nach vorn, so dass ich verstohlen ihr Gesicht beobachten konnte. Ich sah jede Pore, jedes Haar, jede zarte Falte ihrer Lippen, roch, wie diese Nacht von ihrem Körper verdunstete. So musste es sein, neben ihr im Bett zu liegen, dachte ich.

Der Börsenmakler und die Neurotiker

Es war typisch, dass ich noch genau wusste, wann ich Tobias das erste Mal getroffen hatte, und er sich nicht mehr erinnern konnte. Es war bei einem Punkkonzert gewesen, eine englische Band, die *The Neurotics* hießen und deren Sänger Attila früher mal als Börsenmakler gearbeitet hatte und sich nun *The Stockbroker* nannte. Es war schon ein kleines Wunder, dass in Ostdeutschland auch mal eine ausländische Kapelle spielte, an der es nichts auszusetzen gab. Wenn überhaupt, dann spielten bei uns nur Musiker aus dem Westen, die dort entweder vor sehr langer Zeit oder niemals oder in einer fernen Zukunft berühmt gewesen waren. Zwar waren es trotzdem Westkonzerte, und sie waren deshalb immer ausverkauft, aber man konnte sich des Gefühls nicht erwehren, dass diese Bands im Westen niemals vor einem vergleichbar großen Publikum hätten auftreten können. Ich ging davon aus, dass alle Westbands schon deshalb besser sein mussten, weil sie sich viel bessere Instrumente kaufen konnten. Dieser Eindruck wurde noch dadurch verstärkt, dass im Radio nur perfekte Plattenaufnahmen oder die

45

besten Konzerte der besten Bands gespielt wurden. Von den kleinen unbekannten Kapellen dort hörten und sahen wir nichts.

Jedenfalls spielte diesmal eine einwandfreie Kombo, und zwar sogar aus England, also nicht einmal Westdeutsche, die womöglich aus irgendeiner Art von Mitleid mit ihren Brüdern und Schwestern im Osten auftraten. Das war der Grund, warum ich glücklich inmitten des wild tanzenden Publikums aus Punks und Pennern stand, als der Börsenmakler und seine Neurotiker so laut wie möglich die drei ihnen bekannten Akkorde spielten.

Zusätzlich war ich aufgeregt wie ein kleines Kind am Geburtstagsmorgen. *Productive Cough* war nämlich die Vorband der Engländer und Sarah mittlerweile mit Dose zusammen. Und sie hatte versprochen, alles zu versuchen, mich nach dem Konzert zu den Musikern hinter die Bühne zu holen. Allein der Gedanke daran brachte mich einer Ohnmacht nahe. Zwar war ich nicht erfreut, dass es mit Sarah und Dose geklappt hatte, aber ich war auch nicht gerade erschüttert. Schließlich war Sarah ständig mit irgendjemandem zusammen, und auch wenn ich weiterhin unsterblich in sie verliebt war, hatte ich mich an den Zustand mittlerweile gewöhnt.

In meiner Schulklasse war ich mit weitem Abstand der Beste in Englisch, einen langweiligeren Zustand konnte es für einen Streber wie mich nicht geben. Na gut, ich war kein richtiger Streber, nur so eine Art, das heißt, ich wollte immer der Beste sein und für meine Klugheit bewundert werden, aber gleichzeitig ließ ich mir das nicht anmerken, damit ich auch Freunde hatte. So eine Art vorsokratischer Standpunkt: Ich wusste, dass ich viel wusste, und wusste auch, dass es besser war, nicht alles zu wissen. So war ich für meine Lehrer ein Albtraum, aufgrund meines Verhaltens konnten sie mich nicht ertragen, aufgrund meiner Leistungen konnten sie mich nie wirklich bestrafen oder als abschreckendes Beispiel vorführen. Im Grunde meines Herzens blieb ich aber ein Streber, besonders in Fächern, die mir wichtig waren, und Englisch war mein Lieblingsfach. Der Klassenbeste in allen Fächern zu sein zeugte von mangelnder Intelligenz, denn wer interessierte sich schon für alles? War man der Beste in Chemie, klang das nach dicker Brille und brauner Stoffhose. Aber der Beste in Englisch zu sein, das war ehrenvoll und achtbar. Sozial höhergestellt war nur noch der Beste in Sport, ein für mich unerreichbarer Titel.

Obwohl ich also der Beste in Englisch war, fehlte mir für den richtigen Nervenkitzel die Konkurrenz, die echte Herausforderung. Das Lehrbuch hatte ich schon lange ausgelesen, mit den Klassenarbeiten war ich nach der halben Zeit fertig, und meine englischen Aufsätze hatten das Doppelte der geforderten Wortzahl. Was mir fehlte, war ein würdiger Gegner, an dem ich mich messen konnte. Jemand, der fast genauso gut oder vielleicht sogar etwas besser war, damit ich den ersten Platz nicht im zweiten Gang mit angezogener Handbremse erreichen konnte, damit ich alles geben musste, um bei einem Sieg so zu tun, als hätte ich mich nicht einmal bemüht. Ich war echt ein Streber.

An diesem Abend jedoch hoffte ich, vielleicht endlich

auf die schwerstmögliche Probe gestellt zu werden und zum ersten Mal in meinem Leben mit echten Engländern zu sprechen. Keinen aufrechten englischen Kommunisten, die aus pädagogischen Gründen Vorträge in Mehrzweck-hallen hielten, und keinen gichtkranken Großmüttern, die bei einem Tagesausflug hinter den Eisernen Vorhang ihre schweren Fotoapparate aus dem Busfenster hielten. Nein, es waren englische Punkrocker, die sich gewiss schon durch Birmingham geprügelt, durch Manchester gesoffen und durch London gerockt hatten. Sollte ich heute wirklich mit diesen fabelhaften Menschen spre-chen dürfen, hätte mein Leben doch schon einen ech-ten Sinn gehabt. Ich würde den Rest meiner Tage durch Ostdeutschland reisen und von meiner Begegnung mit dem Börsenmakler und seiner Punkband erzählen kön-nen.

Es gelang Sarah tatsächlich, mich nach dem Konzert hinter die Bühne zu holen. Sie tauchte links neben der Bühne auf, winkte mir zu, ich folgte ihr, und das war's. Es gab keine Kontrollen, keine verschlossenen Türen, kein Geheimnis. Jeder hätte hinter die Bühne gehen können, offensichtlich wusste nur keiner davon. Unterwegs dachte ich aufgeregt darüber nach, wie ich mich möglichst un-auffällig in die Gespräche einmischen konnte. Ich war so weit gekommen, auf keinen Fall würde ich gehen, ohne wenigstens ein Wort mit den echten Engländern gespro-chen zu haben.

Diese Gedankenspiele erwiesen sich als überflüssig. In Übertreffung meiner kühnsten Erwartungen wurde ich sogar gebraucht und sehnsüchtig erwartet. Als ich ankam, tranken die Musiker im Kreis Bier und sahen sich etwas hilflos an.

»Hier, Sascha kann ziemlich gut Englisch«, sagte Sarah gleich, als wir ankamen.

»Wirklich? Geil! Dann musst du für uns übersetzen.«

Ich war offensichtlich die einzige Person, die beide Sprachen beherrschte. Glücklich und stolz begann ich, die Gespräche zu übersetzen. Der Börsenmakler sagte, er würde Dose gern einmal die Texte der englischen Lieder aufschreiben, die *Productive Cough* spielten. Es stellte sich heraus, dass Dose die englischen Lieder bisher nur in einem unidentifizierbaren Singsang heruntergeleiert hatte, mit dem er den englischen Klang imitierte, so wie das kleine Kinder taten. Das würde ich Sarah später einmal unter die Nase reiben, was für ein Versager ihr toller Sänger-Freund war. (Dose würde später probieren, die englischen Texte richtig zu singen, so wie sie ihm der Börsenmakler aufgeschrieben hatte. Aber das überforderte ihn, er verhaspelte sich und kam aus dem Rhythmus. Als sie es richtig machen wollten, waren *Productive Cough* nicht mehr gut.)

Die weiteren Gespräche drehten sich um Bier und Zigaretten oder den Satz: »Ich zeige dir mal etwas«, nach dem sich die Musiker auf ihren Instrumenten gegenseitig etwas vorspielten. Und ich stand in der Mitte dieses Geschehens! Ich war Ohren und Zunge eines deutsch-englischen Punkeraustauschs! Ohne mich hätten die Engländer vielleicht kein Bier bekommen und nie erfahren, welche Zigarettenmarke Ostdeutschland am besten schmeckte. Meine Gedanken überschlugen sich. Was, wenn sie mich fragten, ob ich sie auch für den Rest der Tour begleiten könnte? Wie würde ich ihnen erklären, dass ich nicht nach Braunschweig oder München reisen konnte? Oder sollte ich es einfach versuchen, im Kofferraum ihres Tourbusses? An diesem lauen Sommerabend auf der Insel der Jugend war ich einer von ihnen, mir wurden wortlos Bierflaschen gereicht, und als der Börsenmakler eine Flasche Whisky aus seinem Koffer zog, öffnete er sie mit geübter Geste, nahm einen Schluck und reichte sie dann selbstverständlich mir weiter. Dieser Tag war mit Sicherheit der bisherige Höhepunkt meines Lebens.

Anfangs registrierte ich in meinem Glücksrausch kaum die sich andeutende Störung. Nur ein Hintergrundgeräusch, wie eine störende Fliege in einem anderen Zimmer der Wohnung, die weit entfernt doch eine Vorahnung möglicher Unannehmlichkeiten ankündigt. Doch mit der Zeit wurde das Problem deutlicher und trat allmählich in den Vordergrund. Wir wurden umkreist von einem offensichtlich gestörten, wahrscheinlich betrunkenen jungen Mann. Ein dünner Kerl mit einem blonden Scheitel, der in gebückter Haltung um uns herumlief und dabei unablässig wild mit seinen Händen gestikulierte. Er trug Lederjacke, Jeans und Turnschuhe, aber trotzdem hatte er alles falsch gemacht. Seine Schuhe sahen viel zu neu aus, seine Jeans war strahlend blau und unzerrissen, und seine Lederjacke war keine Joppe aus altem, schwarzem Leder mit drei Knöpfen und in weißer Kalkfarbe geschriebenen Anarchiesprüchen. Er trug eine neue Jacke aus weichem, zu allem Überfluss braunem Leder mit Reißverschluss.

»Hast du mal eine Zigarette?«, nuschelte er und: »Hast du was zu trinken?« Als er den schottischen Whisky sah, war es vollkommen aus. »Oh, Whisky, Whisky!«, rief er begeistert. »Good, good!« Wir alle waren bemüht, ihn zu ignorieren, aber das wurde zunehmend schwieriger. Die Engländer verstanden nicht, was er sagte, und die Deutschen konnten sich nicht mehr auf das Gespräch konzentrieren. Irgendwann wurde es mir zu dumm, ich griff mir die Whiskyflasche und ging direkt auf den Typen zu. Ich drückte ihm die Flasche in die Hand und zischte: »Hier ist der Whisky, jetzt geh! Du bist fürchterlich.« Er guckte kurz betreten, nahm die Flasche und verzog sich. Das war das erste Mal, dass ich Tobias traf.

Ab in den Teich

Ich traf Tobias nur ein paar Wochen später beim Küchendienst im Ferienlager wieder. Nüchtern und ausgeschlafen wirkte er wesentlich frischer als an jenem Abend. Seine blonden Haare waren zurückgekämmt, sein Gang war aufrecht, und sein Blick war offen und freundlich. Zwar kam er mir bekannt vor, aber wer er war und woher ich ihn kannte, hätte ich nicht sagen können, vielleicht ein Freund meines Bruders oder ein Kollege meiner Mutter.

Er stand im Hinterausgang der Küche und rauchte eine Zigarette, während Jochen und ich die Töpfe schrubbten. »Um Himmels willen, wie dämlich wollt ihr euch denn noch anstellen?«, rief er uns zu. »Ich habe schon in hundert Küchen gearbeitet, aber zwei wie ihr sind mir noch nicht untergekommen.«

Da fiel es mir ein. »Sag mal, bist du nicht der Typ, der neulich auf der Insel der Freundschaft hinter der Bühne bei *Attila the Stockbroker and The Neurotics* Whisky geschnorrt hat?«

Er sah mich fragend an. »Woher weißt du das?«

»Ich war auch da«, sagte ich nur. Ich wollte nicht, dass er sich an zu viele Details erinnerte.

»Echt? Geil!«

So wurde Tobias mein großer Freund, und obwohl er nur ein paar Monate älter war, hatte er im Gegensatz zu mir den Stimmbruch und den zweiten Wachstumsschub schon hinter sich und behandelte mich daher immer wie seinen kleinen, dummen, doch möglicherweise lernfähigen August. »Ach, Saaascha, ding, ding, ding!«, rief er jedes Mal, wenn ich seiner Meinung nach mal wieder etwas Dummes gesagt hatte, und schlug sich dabei mit der flachen Hand gegen die Stirn. Oder er nahm mich in den Schwitzkasten, rubbelte mir mit den Knöcheln auf dem Kopf herum und rief: »Klapper, klapper, kreisch, ab in den Teich!«

Ich hatte mehr Bücher als Tobias gelesen und bessere Zensuren, aber er war mir mit seinen Erfahrungen auf den beiden wichtigsten Gebieten der Welt überlegen: Sex und Rock 'n' Roll. Dagegen stanken jeder Cosinus und jede noch so schwierige Fremdsprache ab. Was nützte es mir, wenn ich eine ausländische Frau mit gewählten Worten ihrer Muttersprache ins Bett bekommen könnte, dann aber nicht wusste, was ich mit ihr machen sollte? Tobias hingegen hatte schon mit Dutzenden Frauen Sex gehabt, und jede Woche kamen neue hinzu. Er berichtete mir immer, ob sie beim Sex laut gestöhnt oder geschrien hatten. Manche lagen unter ihm wie ein steifes Brett, was er nicht gut fand. Einmal hatte er eine ganz Unerfahrene, die ihm einen blasen sollte und seinen Penis angepustet hatte. »Er ist jetzt kalt genug,

53

du kannst ihn in den Mund nehmen«, hatte Tobias nur gesagt.

Ich hörte seinen Berichten immer mit einer einzigartigen Mischung aus Neid, Geilheit und Sensationslust zu. Wir trafen die Frauen häufig in irgendwelchen Klubs oder auf Partys, und die gute Nachricht war, dass Tobias wusste, wo die richtigen Klubs und Partys waren. Mit den Frauen aber wollte Tobias meistens nichts mehr zu tun haben und ließ sie links liegen. Ich wäre schon sehr an ihnen interessiert gewesen, hatte aber ohnehin keine Chance, was mir auch Tobias bestätigte. Sogar die steifen Bretter hätte ich genommen. Eigentlich sogar lieber als die ausgebufften Sexluder, mit denen Tobias schon halbe Orgien gefeiert hatte, denn die hätten mich bestimmt irgendwann mitten in der Nacht ausgelacht mit meinem phantasielosen 08/15-Sex und null Erfahrung.

Tobias' Rock-'n'-Roll-Erfahrung bestand in der detaillierten Kenntnis sehr ausgefallener, lauter Kapellen wie den *Cramps, Pixies* oder *Mothers of Invention*. Die Bands, deren Musik ich gern hörte, bevor ich Tobias kannte, fielen alle durch. Es waren nämlich samt und sonders peinliche Kommerzkombos gewesen, hatte er mir erklärt. John Peer sei der Einzige, der wahre Musik spiele, und alles andere könne man sowieso vergessen. Ich suchte fieberhaft in alten Westzeitungen die Radioprogramme durch, um schließlich dienstags früh um fünf John Peels Sendetermin zu entdecken. Meine Eltern erklärten mich für komplett verrückt, dass ich freiwillig jede Woche drei viertel fünf aufstand, um eine Radiosendung aufzunehmen, wo doch ihrer Meinung nach den ganzen Tag dieselbe Rockmusik im Radio liefe. Sie verstanden nichts. Als ich Tobias damit konfrontierte, dass sein John Peer eigentlich Peel hieß, reagierte er souverän: Er nahm mich in den Schwitzkasten, rubbelte mir mit den Knöcheln auf dem Kopf herum und rief: »Klapper, klapper, kreisch, ab in den Teich!« Dann gratulierte er mir zu meiner glorreichen Entdeckung.

Durch John Peel, also eigentlich Tobias, lernte ich die Wunderwelt guter Musik kennen, durch die ich in meiner Klasse zum Rock-'n'-Roll-Experten aufstieg. Ich wusste, wer mal früher wo gespielt und wann eine EP aufgenommen hatte, ich kannte die Namen aller wichtigen Gitarristen und wusste, welche Marke sie bevorzugt spielten. Eigentlich war es immer eine Fender Stratocaster.

Ich hätte auch gern die sexuelle Lufthoheit in meiner Klasse übernommen, aber Tobias' Bettgeschichten in der Ich-Form nachzuerzählen war mir zu riskant. Ich wusste weder wirklich, wo der Kitzler, noch, wo der G-Punkt war, und hätte außerdem von jeder Frau bloßgestellt werden können. Also erzählte ich in der Raucherecke einfach Tobias' Bettgeschichten, wofür mir ein aufmerksames Publikum gewiss war.

Offiziell war ich außerdem mit Sarah zusammen, seitdem sie mich sogar einmal von der Schule abgeholt hatte. Doch das war gewissermaßen nur das, was die Presseabteilung verbreitete. In Wirklichkeit waren Stulle, Thommi, Schocker und wie sie alle hießen, mit Sarah zusammen, während ich nach Sarahs Worten ihr »bester Freund« war. Doch bester Freund klang besser, als der Job in Wirklichkeit war. Sarah erzählte mir beispielsweise, wie sie Thommi in der Disko getroffen und dann über Katharinas Cousine seine Telefonnummer herausgefunden hatte, aber sich nicht getraut hatte, ihn anzurufen. Daher sollte ich die Nummer wählen und herausfinden, ob Thommi da war. Das war die Art von Dingen, die man als bester Freund zu tun bekam. Wenn Sarah etwas mit ihren Freundinnen unternahm oder mit ihrem richtigen Freund, gab es für mich keine Verwendung. Umso besser, dass ich Tobias hatte und dass der an einer anderen Schule war, denn sonst hätte mein Lügengebäude nicht lange bestanden. Denn meine Klassenkameraden wunderten sich über jeden Tag, den ich nicht mit Sarah verbrachte.

»Wenn ich so eine tolle Freundin hätte, würde ich jede freie Minute mit ihr verbringen«, sagte Matias zu mir.

»Sie fährt irgendwie zu ihren Großeltern, und da muss ich echt nicht mit.« Wie vollkommen recht du hast, schrie ich innerlich auf.

Tobias hatte ich die Wahrheit über Sarah gesagt. Bei ihm spielte es keine Rolle, denn er war sowieso der Überlegene von uns beiden. Außerdem hingen wir fast jeden Tag miteinander rum, er hätte gemerkt, dass da was nicht stimmte. »Du musst sie mal richtig durchficken«, war sein Tipp, aber das war sein Tipp für ungefähr jede schwierige Situation. Ganz abgesehen davon, dass ich seine Wortwahl unangemessen fand, bestand meine Schwierigkeit ja gerade darin, dass es mir nicht gelang, mit Sarah im Bett zu landen. Keine Ahnung, wie diese Wolles, Matzes und Renés das anstellten, mir gelang es jedenfalls nicht. Ich durfte ihr Kuchen bringen, wenn sie krank im Bett lag, und seit wir uns kannten, hatten sich ihre Noten in Russisch und Englisch deutlich verbessert, aber spätestens die letzte S-Bahn nach Hause war meine.

Ich war ein Problemjugendlichen-Sympathisant

Und doch hatte sich vieles verbessert. Ich hatte meine Leute gefunden. Wir gingen gemeinsam zu Punkkonzerten, tranken Bier und waren gegen das System. Die Bandszene war unübersichtlich, aus einem größeren Kreis von Musikern gründeten sich jede Woche zwei neue Bands, dafür lösten sich andere in derselben Woche auf. Gefiel einem der Schlagzeuger der ersten Band des Abends und der Gitarrist der zweiten, konnte es leicht passieren, dass ein paar Wochen später die Vorzüge beider Musiker in einer Kapelle vereinigt wurden. An Bandnamen mangelte es nie. Man nannte sich *Schlagzeugkollektiv*, *Vive la Lala* oder *Phlegm*. Es gab mehr gute Bandnamen als gute Musiker. Weil man im Osten kein Keyboard kaufen konnte, wurde Keyboarder, wer genug Westverwandtschaft besaß. Keyboarder waren gefragt, weil sie mit wenigen Knopfdrücken einen Klang- und Rhythmusteppich auflegen konnten, der die musikalischen Schwächen der übrigen Bandmitglieder überdecken konnte. Wer unmusikalisch war, wurde Basser, und wer nicht einmal Bass spielen konnte, der wurde Sänger.

Niemandem aber war sonderlich wichtig, wer bei Konzerten spielte und wie die Kombos hießen. Der Eintritt war billig und die kleinen Klubs immer überfüllt. Mein Tanz dieser Zeit war der Drängelpogo, bei dem man mit einer großen Gruppe Gleichgesinnter herumhüpft und ein bisschen drängelt und möglichst den Text mitsingt. Vor der Bühne gab es das Epizentrum, hier wurde Polka-Pogo getanzt, bei dem sich die Tänzer mit wilden Sprüngen und Tritten wie Derwische immer wieder durch das Epizentrum und zurück prügelten. In der Mitte des Epizentrums, sozusagen im Auge des Orkans, stand Tier und tanzte Klappmesser-Pogo. Er sprang alle paar Sekunden einfach hoch, und dabei berührten sich die Stahlkappen seiner Stiefel und seine Fingerspitzen auf Höhe des Bauchnabels. Tier war zwei Meter groß und etwa ebenso breit. Er hatte zahlreiche Narben im Gesicht, und unter seinen buschigen Brauen schauten kleine, dunkle Augen böse in die Welt. Tier redete nicht viel, aber es wünschte sich auch keiner unbedingt, von ihm angesprochen zu werden. Er kam, tanzte Klappmesser-Pogo und ging. Wenn ihm die Musik nicht gefiel, drohte er dem Sänger Schläge an. Seinen Musikwünschen wurde in der Regel Folge geleistet.

Ich war kein Punk wie Tier. Ich war nur ein Mitläufer, der sich am Wochenende bei Mama und Papa seine leicht an den Ärmeln abgewetzte Lederjacke anzog und vor dem Losgehen noch das frisch gewaschene Haar ein wenig durcheinanderbrachte. Ich bildete mir ein, erst die Schule abschließen zu müssen, bevor ich ein richtiger Punk werden könnte. Somit hatte ich diese Entscheidung komfortabel auf einen Zeitpunkt in einer fernen Zukunft verlagert. Als Erwachsener Punk zu werden, das war mein Lebensziel. Richtige Punks, die sich einen Irokesenschnitt rasiert hatten, Punks, die ständig besoffen waren und stanken, das waren meine Vorbilder, meine Helden. Ich glaubte, ebenso viel Wut, Verzweiflung und Aggression wie sie in mir zu spüren. Frauen wollten nur meine besten Freundinnen sein, meine Eltern verstanden nichts und meine Lehrer noch weniger. Und als wäre das alles nicht schlimm genug gewesen, lebte ich in einem Land, das seine Staatsform als »Diktatur« auswies. Aber ich war nicht konsequent genug für Dreck, Gestank, eine Ratte als Haustier und einen Schulverweis. Dafür schämte ich mich.

Frauen hatten es da besser. Sie durften weiter schön aussehen. Wenn sie die richtige Musik mochten und sich in dunklen Tönen kleideten, waren sie dabei. Auf diese Art wäre ich auch gern ein voll akzeptierter Punk gewesen.

Bei einem Konzert von *Tina has never had a Teddybear*, die ihren Namen von der Hülle einer *Dead-Kennedys*-Platte abgeschrieben hatten, sollte es Tier sein, der mir meinen Platz als elendiger Mitläufer und Möchtegern zeigte. *Tina* war eine Kapelle, die flotte Fetenmusik spielte, wie ich sie mochte. Fröhliche Punkmusik mit einem Schuss Ska. Mit anderen Mitläufern tanzte ich gerade vor der Bühne eine gemütliche Runde Schweinepogo, der ein bisschen wie das Original aussah, aber niemandem wehtat. Anstatt uns wild und selbstvergessen zu prügeln, schubsten wir uns nur vorsichtig im Takt der Musik.

Dann kam Tier, stellte sich in unsere Mitte und begann mit seinen Klappmessern. Wir zogen uns zurück und starrten ihn an. Er schaute sich grimmig um und wählte mich zu seinem Tanzpartner. Tier umfasste mich mit seiner Stahlpranke und tanzte mit mir den sehr selten gesehenen Pogowalzer. Dabei greift der Führende den Geführten hoch am Rücken, kurz unter dem Hals. Dann springt der Führende wie wild durch den Raum und unternimmt dabei den Versuch, seinen Tanzpartner irgendwo in den Tanzboden hineinzurammen. Ich spürte nichts als Schmerzen und verfluchte Tier tausendmal. Aber ich traute mich nicht, etwas zu sagen aus Angst, tatsächlich von ihm getötet zu werden. Stattdessen hoffte ich inständig, dass die Musik zu spielen aufhören würde, bevor mich endlich die Gnade einer Ohnmacht ereilte. Als das Lied zu Ende war, warf mich Tier verächtlich mit ein paar Prellungen und Schürfwunden in den Kreis der anderen Mitläufer zurück. Er hatte mich einfach benutzt. Ich tanzte nie wieder Pogo in der Öffentlichkeit.

Trotzdem blieben meine Leute meine Leute. Ich ging weiter zu den Konzerten und tappte bei den Liedern enthusiastisch mit dem Fuß mit, als ob ich ein Fass Tanzdynamit wäre, das jederzeit explodieren konnte. Von einem meiner Lieblingssänger schaute ich mir noch ab, den Kopf rhythmisch vor- und zurückzuschieben. Dazu trank ich Bier. Mehr war nicht drin.

Unser Jubiläum

Immerhin waren Sarah und Dose nicht mehr zusammen. Partys, auf die ich allein mit ihr gehen konnte, waren für mich Höhepunkte. Es war in diesen kurzen Phasen zwischen zwei richtigen Freunden, wenn ich der einzige Mann in ihrem Leben war und wir zusammen ausgingen. Im September waren wir auf einer Party bei Anette eingeladen. Der Tag war fast so etwas wie Sarahs und mein Jubiläum. Denn vor ziemlich genau zwei Jahren hatte ich sie zum ersten Mal im Pionierhaus getroffen. Es kam mir so vor, als ob es zehn Jahre her wäre, so viel war seitdem passiert.

An diesem Abend holte ich sie sogar ab, weil sie den langen Weg von Mahlsdorf in die Dimitroffstraße nicht allein fahren wollte. Dass die ganze Angelegenheit für mich ein Riesenumweg war, spielte für sie keine große Rolle. Ihre Eltern waren an diesem Wochenende verreist, so dass wir allein in ihrem Haus waren, das mir inzwischen ziemlich vertraut war. In den letzten zwei Jahren war ich schon so oft dort gewesen.

Sie war noch nicht für die Party angezogen und suchte

nach den passenden Klamotten. Ich sollte mich auf das große Ehebett im Schlafzimmer ihrer Eltern setzen und sagen, wie mir die Kleidung gefiel, mit der Sarah jeweils durch die Schlafzimmertür trat. Ich zog mir die Schuhe aus, damit ich die plüschige blassrosa Auslegeware dort nicht beschmutzte, und setzte mich vorsichtig auf die Tagesdecke aus dunkelrosa Satin.

Nun war die Zeit der Pubertät ohnehin sehr anstrengend für mich und voll von Frustrationen, aber in Momenten wie diesen fragte ich mich, ob ich nicht vielleicht schon gestorben war und mich mitten in der Hölle befand. Seit zwei Jahren war ich Sarah treu ergeben und hatte ihr eine endlose Prozession anderer Männer verziehen, ohne dass ich selbst auch nur ein winziger Teil dieser Prozession gewesen wäre. Zwei Jahre, in denen mich meine Hormone fast in den Wahnsinn getrieben hatten und deren einzige Hoffnung darin begründet lag, dass ich eines Tages Sarah in meinen Armen halten würde. Mit schreckensgeweiteten Augen saß ich auf dem Ehebett, und meine Hände krampften sich in die Tagesdecke, während Sarah sich im Nebenzimmer halb auszog und mit immer neuen wunderschönen, verführerischen Kleidungsstücken durch die Tür schwebte, die sie nebenan wieder ausziehen würde.

Von mir aus hätte sie einen Kartoffelsack tragen können, eine Tüte auf dem Kopf oder eine Zeitung um die Beine gewickelt haben. Mir war es egal, was sie anhatte. Sie hätte auch nackt durch die Tür kommen können, und ehrlich gesagt, wäre es das gewesen, was ich mir am meisten wünschte. Stattdessen fragte sie mich, ob mir nun die enge Jeans oder der glänzende Raschelrock besser gefielen. »Ich glaube, die Jeans«, sagte ich, um Souveränität bemüht.

»Warte mal«, sagte Sarah plötzlich und verschwand hinter der großen Spiegeltür im Kleiderschrank ihrer Mutter.

»Was machst du da?«

»Einen Moment.« Dann trat sie mit einem schwarzen Pelzmantel aus dem Schrank heraus. »Abgefahren, was? Den hat Mama von meiner Oma bekommen. Aber mir passt er nicht, alles ist zu eng, sogar die Ärmel. Ich kann darunter nichts anziehen, nicht mal ein Hemd. Oma ist wohl schon immer ziemlich klein gewesen.«

»Hmm.« Ich schluckte und spürte meinen Herzschlag bis zu den Haarspitzen. Wenn ich es richtig verstanden hatte, stand Sarah gerade bis auf den Mantel unbekleidet vor mir im Schlafzimmer im einsamen Haus ihrer Eltern. Es war mir unmöglich zu atmen.

»Witzig, nicht?« Sarah kicherte kurz, verschwand wieder im Kleiderschrank und kam in Jeans und dem schwarzen Hemd heraus.

Auf dem Weg zum Bus nahm ich mir etwas vor. Soeben hatte ich wohl den Tiefpunkt einer zweijährigen Demütigung erlebt. Vielleicht war es von ihr nicht einmal so gemeint gewesen. Aber ich sah mich gezwungen, den Kontakt zu Sarah für immer zu beenden, wenn wir nicht im Verlauf der nächsten vier Wochen miteinander schlafen würden, damit ich nicht bald dem Wahnsinn verfiele. Was auch immer mir in den vergangenen zwei Jahren nicht gelungen war, würde mir wohl auch nicht in den nächsten zwei oder zwanzig Jahren gelingen. Dieser Irrsinn musste ein Ende haben.

Noch auf der Feier hatte ich damit zu tun, den Schock des frühen Abends zu verarbeiten. Ohne dass ich es kontrollieren konnte, schossen mir Bilder von Sarah in den Kopf, wie sie hinter dem Spiegel hervortritt, den Mantel öffnet und sich mit mir auf das Ehebett wirft. Ich war es gewohnt, nachts mit solchen Phantasien zu kämpfen, aber inmitten von Menschen auf einer Party war mir das neu und ziemlich unheimlich. Obwohl ich also an diesem Abend ganz in Gedanken versunken war, fiel mir auf, dass Tobias im Verlauf der Party erneut zu dem Monster mutierte, das uns damals hinter der Bühne begegnet war. Er brüllte jetzt laut herum, riss jede greifbare Flasche an sich und leerte sie in einem Zug. Zwischendurch schoss er in vornübergelehnter Haltung auf die schönsten Frauen zu, stellte sich wenige Zentimeter vor ihnen auf, zeigte mit einem in der Luft herumrührenden Zeigefinger auf sie und säuselte: »Ich find dich gut. Ich find dich gut, gut, gut!« Dann riss er unvermittelt den Kopf zurück, drohte hintenüberzufallen, drehte sich dann aber zur Seite, sah eine halb volle Weinflasche, die er ergriff und mit gierigen Schlucken leerte, bevor er der nächsten Frau seine Komplimente machte.

Sicherlich mussten alle Frauen entsetzt auf so ein Schauspiel eines vom Alkohol entfesselten männlichen Chauvinismus reagieren. Ich suchte den weiblichen Blickkontakt der Empörung. Doch mein Blick ging ins Leere. Die Frauen schauten leicht amüsiert zu Tobias hin, keine regte sich auf. Anette und Sarah fingen sogar an, sich um Tobias zu kümmern. Sie setzten sich mit ihm aufs Sofa und redeten besänftigend auf ihn ein wie auf ein wild gewordenes Tier. »Tobias! Du sollst doch nicht so viel trinken. Toobias!« Ich fragte mich, was ich tun musste, damit sich Sarah einmal zu mir aufs Sofa setzte. Vielleicht sollte ich mich auch betrinken? Und so aussehen wie Tobias, sabbernd und verloren?

In diesem Augenblick schnappte sich Sarah den besoffenen Kerl, legte seinen Arm über ihre Schultern, warf Anette einen besorgten Blick zu, sagte: »Ich bringe ihn mal lieber nach Hause.« Und verließ mit Tobias die Party, der mir über die Schulter hinweg zugrinste. Ich war erschüttert.

Goodbye, Sascha

»*Das* war ja wohl so ziemlich das Übelste und Asozialste, was du jemals getan hast!« Ich hatte es geschafft, bis zum Nachmittag abzuwarten, bevor ich Tobias aufsuchte. Doch nun stand ich wutschnaubend vor ihm im Flur. »Einfach so mit Sarah von dieser Party abzuschieben, besoffen und vollgekotzt, wie du warst.«

»Wieso?« Tobias grinste mich halb verlegen an.

»Wieso? Du weißt ganz genau, dass ich Sarah liebe. Und dir ist doch egal, was oder wen du fickst. Kannst du dir nicht einfach von Oma ein Loch in eine Puppe schneiden lassen für die ganz dringenden Fälle?«

»Hör mal«, verteidigte er sich. »Ich habe da niemanden abgeschleppt. *Sie* hat höchstens mich abgeschleppt.«

»Aber du hättest dich wehren können.«

»Ich war vollkommen besoffen. Ich hätte mich nicht wehren können, ganz abgesehen davon, dass ich das gar nicht gewollt hätte.«

»Und wie ging es dann weiter?«

»Was meinst du?«

»Du weißt ganz genau, was ich meine. Habt ihr miteinander gevögelt oder nicht?«

In dem Moment öffnete sich die Tür von Tobias' Zimmer, und Sarah kam heraus. Sie trug ein T-Shirt von *New Model Army* als Minikleid. Das hatten mir einmal meine Großeltern geschenkt, und weil es mir viel zu groß war, hatte ich es Tobias als Zeichen unserer Freundschaft gegeben, obwohl ich es für eine Menge Geld hätte verkaufen können. Sarah sah darin gewohnt phantastisch aus.

Tobias kratzte sich am Kopf.

»Ach du Scheiße«, sagte ich. Es war klar, dass Sarah alles gehört hatte.

»Sascha«, fing Sarah an und wollte mir beruhigend ihre Hand auf den Arm legen.

»Ach, scheiß was mit ›Sascha‹«, fauchte ich wütend.

»Lass mich doch mal ausreden.«

»Nein«, unterbrach ich sie. »Ich habe dich zwei Jahre lang ausreden lassen. Weißt du eigentlich, dass gestern unser Jubiläum war?« Jetzt war alles egal.

Sarah sah mich fragend an.

»Natürlich weißt du es nicht. Am fünften September vor zwei Jahren haben wir uns das erste Mal in der AG getroffen. Und du hast nichts Besseres zu tun, als mit meinem Freund in die Kiste zu hüpfen.«

»Aber Sascha, ich hatte keine Ahnung«, sagte Sarah. »Du bist doch mein bester Freund.«

»Leck mich am Arsch: Bester Freund. Ich kann deine Hausaufgaben machen und die Anrufe, die du nicht machen willst. Ich darf vorbeikommen, wenn du krank bist oder dich langweilst. Und ich darf dich von zu Hause abholen, wenn dir der Weg zu weit ist oder dein echter Freund zu schlimm für deine Eltern aussieht. Aber wenn du einen echten Freund hast, bin ich abgemeldet. Weißt du, wie man diese Art von bestem Freund früher genannt hat? Hausknecht.«

Sarah schaute mich sprachlos an.

»Jetzt beruhige dich mal wieder«, schaltete sich Tobias ein.

»Ich will mich aber nicht beruhigen. Ihr beiden seid so mies, dass man sich nur aufregen kann, dass es grundfalsch wäre, wenn ich mich nicht aufregen würde. Aber ich haue jetzt ab, und ihr beiden könnt ja noch eine schöne ›Goodbye, Sascha‹-Nummer schieben. Denn mit euch beiden will ich nichts mehr zu tun haben.«

Ich drehte mich um und knallte die Wohnungstür hinter mir zu.

Ex von Olli

Nachdem ich gleichzeitig mit Sarah und Tobias Schluss gemacht hatte, hing ich zu Hause rum und tat nichts. Selbst in der Schule saß ich depressiv da und begann vor lauter Langeweile, mich am Unterricht zu beteiligen. Als mich ausgerechnet Dr. Schwerdt, unser Mathelehrer, für mein gutes Verhalten in den letzten Wochen lobte, beschloss ich, dass es so nicht weitergehen konnte. Sarah und Tobias waren Irrtümer, aber es wäre der größere Irrtum gewesen, wegen dieser Idioten mein Leben wegzuschmeißen.

Anette erschien mir als der richtige Anknüpfungspunkt für ein Leben nach Sarah, denn sie hatte eine eigene Wohnung, in einem Hinterhaus in der Dimitroffstraße. Und obwohl ich Anette über Sarah kannte, beschloss ich, dass ich mich bei ihr ruhig melden konnte. Die Wohnung besaß unendlich viele Vorzüge. Wenn man nicht auf Anettes Sofa schlafen wollte, fuhren U-, S- und Straßenbahnen direkt am Haus vorbei, es gab sogar eine Nachtbuslinie, eine recht gut funktionierende Toilette, mehr als ein Zimmer, und der Rest des Hauses stand entweder leer oder war von Alkoholabhängigen bewohnt, so dass niemand sich dafür interessierte, wer was wann in Anettes Wohnung machte und schon gar nicht in welcher Lautstärke. Man konnte, so schien es mir, Tag und Nacht bei ihr vorbeigehen und klingeln, Anette war fast immer da, meist auch noch jemand anderes. Abends begannen wir zu unseren wichtigen Diskussionen Alkohol zu trinken, und wenn es zu unübersichtlich wurde, nannten wir es eben Party.

Mit zwei Flaschen Wein in der Hand klingelte ich eines Abends bei Anette, irgendjemand öffnete mir die Tür und winkte mich hinein. Anette erkannte mich, und schon war ich drin.

Wir feierten, im Sommer fuhren wir gemeinsam an den See, wenn es ein Konzert gab, gingen wir gemeinsam hin, und sogar Weihnachten verabredeten wir uns spätabends noch bei ihr zur Party.

Alles hätte wunderschön sein können, das Problem war nur, dass es bei Anette vor Frauen nur so wimmelte. Große Frauen, kleine Frauen, blonde Frauen, schwarzhaarige Frauen, Frauen mit hennaroten Haaren. Ihre Namen waren gleichzeitig einfach und darum wieder schwer zu merken, man konnte sie zum größten Teil aus den Anfangsbuchstaben des Armeesportklubs (ASK) zusammenbasteln. Anja, Andrea, Astrid, Anke, Stefanie, Silke, Sandra, Sonja, Karin, Katja, Katrin, Kathleen. Selten mal eine Nadine oder Mandy dabei. Überhaupt Mandy – ein Name, zwei Missverständnisse. Barry Manilow hatte das Lied, das im Original *Brandy* hieß und dem Alkohol gewidmet war, umbenannt, um rechtliche Streitigkeiten zu vermeiden. Dann wurde es ein Hit, die ostdeutschen Mütter hörten es im Westradio und mussten denken, dass alle Mütter zwischen New York und Los Angeles so ihre Kinder nannten. Tanzen konnte man auf die Nummer nur langsame Runde.

Aber wie auch immer die Frauen hießen, sie waren wunderschön, meistens ein bisschen älter als ich. Ich würde schätzen, dass ich in jede Einzelne von ihnen zum einen oder anderen Zeitpunkt verliebt war. Seit ich mich von Sarah losgesagt hatte, war das für mich einfach die übliche Art, eine Frau kennenzulernen. Ich traf sie, verliebte mich bis über beide Ohren, dachte Tag und Nacht an diese Frau, versuchte, sie so oft wie möglich »zufällig« zu treffen, und beklagte in langen, schlaflosen Nächten den Umstand, dass sie sich nie in mich verliebten. Das einzig Gute war, dass ich mir so die Namen der Frauen gut einprägen konnte.

Doreen zum Beispiel gehörte zu den Frauen, die man bei Anette treffen konnte. Sie hatte ausreichend Körper für eine üppige weibliche Linie, ohne im Mindesten dick zu sein. Ihre langen rotblonden Haare trug sie zu einem strengen Zopf gebunden, sie lachte rau und kräuselte ihre Oberlippe wunderschön, wenn sie einen Tabakkrümel entfernen wollte. Nachdem ich sie bemerkt hatte, schien es auch keinen besonderen Grund dafür zu geben, warum ich sie nicht schon seit einigen Jahren gekannt hatte. Doreen schien praktisch alle meiner Freunde und Bekannten zu kennen. Aber wer war plötzlich diese Frau?

Katja, die alles wusste und die in unserem Kreis mit Sicherheit über die meisten Informationen verfügte – was auch damit zusammenhing, dass sie viele dieser Informationen selbst produzierte –, durfte ich diese Frage auf keinen Fall stellen. Denn Katja lebte vor allem das Leben anderer. Sie war schön wie eine Frau auf einem Ölgemälde und genauso unnahbar. Statt eines eigenen Lebens verbrachte Katja das Leben ihrer Freunde und ihrer Bekannten sowie deren Freunde und Bekannte. Wenn sie sich im Raum befand, nahm sie sämtliche Trennungsgerüchte und Bettgeschichten wahr, ohne dass sie notwendigerweise an den Gesprächen teilnehmen musste, wie Salz, das auch Feuchtigkeit aus der Luft in sich aufnehmen kann. Von Katja hätte ich also etwas über Doreen erfahren können, aber direkt fragen durfte ich Katja nicht.

Ich fragte Anette, die man immer fragen konnte, weil Anette arglos und meist mit ihren eigenen Schwierigkeiten beschäftigt war: »Wer ist eigentlich die Frau da hinten bei Matthias und Daniel?«

»Das ist Doreen«, antwortete Anette. »Die Ex von Olli.«

Doreen, dachte ich. Willkommen im Club!

Dann wandte sich Anette wieder ihrem Fingernagel zu, den sie sich gestern eingerissen hatte an der Autotür von diesem Typen aus Westberlin, der eigentlich aus Österreich kam und so verliebt in sie war, dass er sie gern in seinem Kofferraum mit über die Grenze genommen hätte. Andererseits war er so sparsam, dass, wenn er schon die Gebühr an der Grenze bezahlte und Anette im Osten besuchte, sich ihre Besucher bis spätestens zehn Uhr verabschieden mussten, damit der Österreicher noch

73

Sex mit ihr haben und trotzdem vor Mitternacht wieder zurück an der Grenze sein konnte. Denn nach Mitternacht hätte er noch mal bezahlen müssen. Das alles erzählte sie mir, während sie an ihrem Fingernagel pulte. Und deswegen konnte man ihr solche Fragen stellen.

Ich fand heraus, dass Doreen Kellnerin in einem Café am anderen Ende der Stadt war. Ich wusste, dass sie genauso alt war wie ich und wo sie herkam. Was ich nicht wusste, war, ob sie »die Ex von Olli« war, wie es Anette und ein paar andere behaupteten, oder ob sie die »ach so, die Freundin von Olli« war, was der andere Teil der von mir unauffällig befragten Personen zu Protokoll gab. Ich hielt letztere Version für wahrscheinlicher, weil Doreen auf diese Art nahtlos zu all meinen anderen Frauen gepasst hätte.

Trotzdem nahm ich meinen Mut zusammen und fuhr zu dem Café. Und tatsächlich hatte ich Glück, Doreen arbeitete an dem Tag. Von ihr unbemerkt nahm ich mit heftigem Herzklopfen an einem der Tische Platz. Plüschige Stühle standen an vierbeinigen Tischen, die Strukturtapete zeigte ein Blumendekor in gedecktem Gelb, auf der Karte standen Würzfleisch und Soljanka. Doreen trat zu mir an den Tisch und nahm die Bestellung auf. Sie hatte eine weiße Servierschürze umgebunden, aus der ein riesiges Portemonnaie ragte. Nachdem ich bestellt hatte, ging sie zurück in die Küche und kam ein paar Minuten später mit einem silbernen Tablett zurück, auf das ein durchbrochenes Papierserviettchen drapiert war, und stellte mir ein Kännchen Kaffee, ein kleines Kännchen Kaffeesahne, eine Tasse und eine Dose Würfelzucker mit einer verchromten Würfelzuckerzange auf den Tisch. Dabei sah sie mich die ganze Zeit auffällig unauffällig an. »Sag mal, wir kennen uns doch. Von Anette. Du bist doch Alexander, oder?«, sagte sie schließlich.

»Ja, Sascha«, stammelte ich verblüfft. »Du bist Doreen. Ich dachte, du hättest mich nicht erkannt.«

»Was? Und ich dachte, *du* hättest mich nicht erkannt.« Jetzt lachte Doreen laut durch das ganze plüschige Café mit seinen Strukturtapeten und den Lampen, die an goldenen Ketten von der Decke hingen, durch deren große Glieder sich das Elektrokabel schlängelte. Doreen sah sehr schön aus in ihrem langärmlig eng anliegenden Oberteil und dem kurzen schwarzen Rock. »Du, ich muss jetzt noch arbeiten, da kann ich immer nicht quatschen. Aber in einer Stunde habe ich Feierabend, vielleicht bleibst du noch so lange?«

Ein »Ja« konnte ich mir nicht mehr herausquetschen, aber es gelang mir noch eine Art zustimmender Kopfbewegung.

Doreen schloss das Café pünktlich, weil sich ohnehin ab halb sechs kein Gast mehr dort aufgehalten hatte. Damals trank man in Cafés ausschließlich Kaffee und aß dazu Kuchen oder Eis. In einem Café Mittag zu essen, dort lange Bier zu trinken oder endlos zu frühstücken, davon hatten wir aus dem Westen gehört, bei uns gab es so etwas nicht.

»Wollen wir noch zu mir gehen?«, fragte Doreen. »Ich wohne gleich um die Ecke.«

»Okay«, sagte ich verdutzt. Ich hätte nie gedacht, dass es so einfach sein würde.

Sie hatte eine Wohnung in der Nähe des S-Bahnhofs, und weil die Wohnung im vierten Stock lag, besaß sie als Einzige im Haus einen Schlüssel zum Dachboden und hatte daher beschlossen, dass dieser auch zu ihrer Wohnung gehörte. Dort hing ihre Wäsche, und Olli hatte sich zu seiner Zeit dort eine Dunkelkammer eingerichtet.

»Weißt du, Olli, mit dem war ich früher mal zusammen.«

»Ja, habe ich gehört.« Ich wollte das Gespräch nicht unbedingt auf Olli lenken.

Dafür wollte Doreen das Gespräch umso mehr auf Olli lenken. Wie gemein er zu ihr gewesen sei und ob ich wüsste, dass er was mit Antje gehabt hatte, und dass sie extra für ihn nach Treptow gezogen sei und dass er am Anfang viel netter gewesen sei und dass Doreen ihm zwei Hosen genäht hatte, die graue und die dunkelblaue mit den großen, tief sitzenden Taschen. Dass Olli früher viel mehr geraucht hätte und dass seine Oma über Unmengen von Westgeld verfügen würde, wovon sie zwar Olli etwas gegeben habe, niemals aber Doreen.

Wir saßen an einem kleinen Tischchen, das Doreen auf das Dach gestellt hatte, und tranken bulgarischen Rotwein, während die Sonne langsam über Treptow unterging. Alles hätte so romantisch sein können.

»Mann, ist das spät«, sagte Doreen plötzlich. »Ich habe morgen früh.«

»Ja«, sagte ich. »Schon nach zehn.«

»Du, es war unheimlich toll, sich mit dir zu unterhalten. Das müssen wir unbedingt bald mal wieder machen.«

»Hmm.«

Dann gab sie mir von den tausend erträumten Küssen nur einen auf die rechte Wange und verabschiedete mich in die Treptower Nacht.

Maul des Drachen

Jana traf ich in der falschen Disko, was damit zusammenhing, dass meine Freunde nicht zu mir passten. Und die, die zu mir passten, nicht meine Freunde waren. Was oft dazu führte, dass meine Freunde und ich oft nicht am selben Ort waren.

Während ich nämlich noch zur Schule ging, arbeiteten meine besten Freunde schon als Künstler oder Punks. Das bedeutete auch ausgiebige Freundschaftstreffen mit anderen Künstlern und Punks an der Ostsee, in Tschechien oder natürlich die Teilnahme am berühmten »Festival der Rockmusiker« im polnischen Jarocin, zu denen man sich spätestens am Donnerstag aufmachte, um sich gemütlich einzutrinken und spätestens Freitagnachmittag restlos betrunken zu sein. Ich dagegen konnte es mir einfach nicht leisten, noch mehr unentschuldigte Fehltage auf mein Zeugnis zu bringen, und hatte sogar noch am Sonnabend Schule.

An solchen Wochenenden war ich praktisch allein in der Stadt, konnte also genauso gut auch etwas mit den Leuten aus meiner Klasse unternehmen, die mir natürlich alle viel zu jung vorkamen, weil sie genauso alt waren wie ich. An diesen Wochenenden musste ich erkennen, dass ich auch nicht viel mehr Ahnung als meine Großmutter davon hatte, was »die jungen Leute in meinem Alter«, nach denen sie mich oft fragte, so trieben. Wir griffen beide nur auf eine Mischung aus Vorurteilen, Einzelbeobachtungen und Schlussfolgerungen aus dem eigenen Leben zurück. Ich ging davon aus, dass die meisten jungen Leute spießige, angepasste Popper waren, die spießige, angepasste Chartmusik hörten und dazu Cola tranken.

Matias hatte mich gefragt, ob ich mitkommen wollte. Wir gingen schon seit Jahren jeden Morgen gemeinsam zur Schule und waren die besten Schulweg- und Klassenfreunde, die man sich vorstellen konnte. Aber nach der letzten Stunde trennten sich normalerweise unsere Wege bis zum nächsten Morgen. Wenn aber die Alternative darin bestand, einen gemütlichen Abend zu Hause mit meinen Eltern vor dem Fernseher oder einen lauten Abend mit Wildfremden in einer Scheißdiskothek bei Scheißmusik zu verbringen, fiel die Wahl nicht schwer. Um nicht zu sehr aufzufallen, suchte ich Klamotten heraus, die ganz unten im Schrank gelandet waren, weil ich sie als viel zu poppig verabscheute. Das waren eine dunkelblaue Hose, ein T-Shirt der überschätzten Popgruppe *Echo and the Bunnyman*, das mir meine Großeltern mal versehentlich mitgebracht hatten – ich hatte mir ein *Screaming Blue Messiahs*-Shirt bestellt, und meine Oma hatte die Bandnamen aus unerfindlichen Gründen verwechselt. Dazu zog ich meine schwarzen Halbstiefel an

und ließ die hohen Schnürstiefel stehen. Glücklicherweise waren alle meine Freunde jetzt in Pilsen, ich hätte
mich sonst kaum in diesem Popperaufzug auf die Straße
getraut.

Der Eingang der Disko, vor der ich mich mit Matias
verabredet hatte, war von den Klubbetreibern liebevoll
als Maul eines Drachens gestaltet worden, in einem Stil,
der entfernt an Heavy Metal erinnerte. Aber was der Dra-
che fraß, waren lupenreine Popper. Ich war erstaunt zu
sehen, dass man sich noch poppiger als ich anziehen
konnte, farbenfrohe Hosen und leuchtende Hemden zu
hellen Turnschuhen waren Dinge, die in meiner Welt
nicht vorkamen. Tatsächlich war ich trotz meiner ver-
dammungswürdigen Kleidung der Punker des Abends in
der *Feuerwache*. Ich war nach meiner eigenen sachlichen
Analyse der Dinge der mit Abstand Coolste in diesem
Schuppen. Weil es kein Bier gab, trank ich mit zusam-
mengebissenen Zähnen Cola-Weinbrand, um die schep-
pernde Popmusik vergessen zu können. Die Clique, mit
der sich Matias hier traf, bestand aus ebensolchen Kindern, wie er es war. Die Mädchen hier sahen viel schlechter aus als die schönen Frauen, von denen ich sonst in
meiner Freizeit umgeben war. Das heißt, auch diese
Mädchen sahen ziemlich wundervoll aus, aber neben der
etwas ungeschickteren Kleidung und der unprofessionel-
leren Schminke sowie fehlender weiblicher Reife und
der unverzeihlichen Abwesenheit von zur Schau getrage-
nem Lebensüberdruss hatten sie den entscheidenden
Nachteil, dass mir nicht sofort eine Begründung dafür
einfiel, warum sie nichts von mir wissen wollten.

Bei den anderen, erwachsenen Frauen konnte ich sofort verstehen, dass sie nichts mit mir anfangen wollten. Ich war ein Schulkind, einfach noch zu jung und hatte beschlossen zu warten. In fünf oder zehn Jahren würde dieser Unterschied vielleicht keine Rolle mehr spielen.

So stand ich an eine Wand gelehnt und versuchte, den geistigen Zustand zu erreichen, in den mich immer die Mathematikstunden versetzten, wenn Herr Dr. Schwerdt mal wieder einen besonders unterhaltsamen Beweis aus der kunterbunten Welt der Algebra an die Tafel malte. Ein Zustand jenseits jedes Gedankens, Gefühls oder Wunsches. Körperloses Schweben in einem geistigen Vakuum. Wäre die Schule in Tibet gewesen und hätte Herr Dr. Schwerdt keine Haare und statt seiner Pullunder einen orangefarbenen Umhang getragen, wären wir beide eine ganz große Nummer gewesen.

»Arbeitest du hier?«, war eine Frage von links, die mir so oder ähnlich noch nie gestellt worden war. Meine Trance war dahin.

»Nö, wieso?«

»Ich dachte nur, weil du hier mit Arbeitsklamotten rumhängst.« Ich wusste nicht, ob ich ihre Worte als Lob oder Kritik auffassen sollte. Aber ihr Blick war vollkommen unschuldig, ich war zum ersten Mal in meinem Leben in der *Feuerwache* und ging davon aus, dass es auch das letzte Mal sein würde, also sagte ich einfach mal: »Ich komme gerade von der Arbeit. Deshalb die Klamotten.«

»Zauberbräute« hatte Sarah solche Frauen wie die neben mir immer genannt. Lange, dunkelblonde, lockige, leicht antoupierte Haare, eine türkisfarbene Bluse, deren oberste zwei Knöpfe gewissenhaft geöffnet waren, und eine blaue Hose, deren Stege in Halbstiefelchen verschwanden. Ich freute mich jetzt schon, am nächsten Wochenende bei Anette von meiner Begegnung mit einer echten Zauberbraut erzählen zu können.

»Was machst du denn beruflich?« Ich war davon ausgegangen, dass wir unser Gespräch zu Ende geführt hatten, aber Zauberbraut schien sich ja richtig festgequatscht zu haben.

»Bandtechnik«, sagte ich beiläufig.

»Bandtechnik?«

»Ja, so technisches Management für Rockbands auf Tour. Verstärkeranlagen aufbauen, Soundcheck, Tonmischen.« Wenn ich hier schon herumlog, dann konnte ich mich dabei auch gleich richtig verwirklichen. Es gab keinen Grund, mich noch in meinen Träumen oder Lügengeschichten kleinzumachen.

»Wahnsinn!«

»Na ja, auch nur ein Job«, zuckte ich mit den Schultern.

»Und für wen machst du das, für welche Band?«

»Ach, ganz verschiedene, ich bin nicht fest bei einer Band. Ich mache ganz häufig auch so Auftritte von Westbands, die hier spielen. *Productive Cough*, die *Neurotics*, was so anfällt.« Je länger ich über meine Arbeit redete, desto besser gefiel sie mir selbst. Und auch Zauberbraut schien nicht genug von meinen Geschichten bekommen zu können.

»Das ist doch bestimmt auch anstrengend?«

Wenn man sich ihren rosa glänzenden Lippenstift wegdachte, hatte sie eigentlich einen wirklich schönen Mund.

»Es geht so. Heute bin ich gerade von einer Tour wiedergekommen, aber dafür habe ich jetzt die ganze Woche frei.« Wie schön wäre das gewesen, wenn ich am Montagmorgen nicht wieder in dem stinkenden Chemiezimmer von Herrn Schlesinger sitzen würde.

»Wollen wir dann jetzt tanzen?«, fragte sie mich, und ich verschluckte mich beinahe an meinem Getränk. Da, wo ich herkam, fragte man so etwas nicht. Da saß man und starrte düster auf die Tanzfläche, bei seinem Lieblingslied wippte man vielleicht anerkennend mit dem Kopf, und bei einem Riesenhit gingen die Jungs auf die Tanzfläche, um sich gegenseitig zu verprügeln. Aber wie wollte ich ihr das erklären?

»Ich bin nicht so der Tänzer«, wehrte ich ab.

»Ach komm schon!« Die Zauberbraut blieb hartnäckig. Ich hatte Panik, denn ich nahm an, dass sie mit mir keinen Pogo tanzen wollte.

Den folgenden Teil, meine improvisierte Tanzinstallation in der ungewohnten Umgebung der *Feuerwache*, würde ich in den Berichten an meine Freunde weglassen müssen. Ich sah mich unauffällig um und versuchte, mit möglichst unbewegter Miene die Bewegungen der anderen auf der Tanzfläche zu imitieren. Die Zauberbraut mir gegenüber zappelte völlig unbeschwert herum. Und ich dachte vermehrt darüber nach, wie sie wohl ohne die poppige Kleidung aussehen würde.

Als ich am nächsten Morgen in ihrer Wohnung auf-
wachte, verrieten mir die Geradlinigkeit der Wände und
die schöne Küchendurchreiche sofort, dass ich mich in
einer Neubauwohnung vom Typ S 1512 befand. Aus den
Fenstern erstreckte sich mein Blick über eine ganze
Landschaft von Neubauten, was bedeutete, dass Jana ein
echtes Plattenbaukind war.

Ungläubig blickte ich in die Gesichter von mir weit-
gehend unbekannten Popstars mit blondierten Haaren
und kajalstiftbetonten Augen. Ich beschloss, meinen
Kumpels besser nichts von dem ganzen Wochenende zu
erzählen. Janas Schreibtisch war mit Bildern von Katzen
und Pferden in kleinen Rahmen vollgestellt, und in ihrem
Bett lagen mindestens zehn Kopfkissen mehr, als unbedingt notwendig gewesen wäre. Dennoch hatten wir
in diesem Bett jede Menge Spaß gehabt. Ich war zu der
Meinung gekommen, dass sie und ich gut zueinander-
passten, auch wenn ich ihre Musik und ihre Kleidung
schrecklich fand, nicht wollte, dass meine Freunde sie jemals zu Gesicht bekamen, und im Austausch dafür gut
damit leben würde, auch ihre Freunde niemals zu sehen.
Aber Sex – das hatte mir gefallen. Das war neu für mich
und gut.

Den ganzen Abend hatte ich auf den Moment gewartet, an dem meine Geschichte für meine Freunde
enden würde. Wäre Jana mein Tanzen zu wild oder zu
ungelenk, würde sie sich über meine hochbrisante politische Meinung erregen, scheute sie sich, gemeinsam
mit mir den Weg in ihre Heimatplatte anzutreten, warteten oben ihre alkoholabhängigen, für die Stasi tätigen

Eltern, so dass sie mir an der Tür Auf Wiedersehen sagen musste?

Doch die Antwort auf all diese Fragen war Nein, und plötzlich verschwand das ironische Grinsen auf den Lippen des Erzählers. Ich fand mich selbst mit einiger Überraschung als Hauptdarsteller meiner Geschichte in ihrer Wohnung wieder. Hätte ich mir nicht eingebildet, irgendwann meinen Freunden diese Geschichte erzählen zu müssen, glaube ich allerdings kaum, dass ich jemals in ihrer Wohnung angekommen wäre.

Ich hatte mir bis dahin eigentlich keine Gedanken über Jana als Person gemacht. Sie war nur eine lustige Zauberbraut aus einem Märchenwald, in dem ich nie zuvor spazieren war. Was sie sagte, war exotisch, was sie tat, warum sie es tat, war mir so unklar wie der Klippensprung der Lemminge. Ich wusste nicht einmal, ob ich sie mochte.

In der Disko, als sie mir gerade ein Getränk spendiert hatte und erzählte, dass sie immer montags und donnerstags zum Geräteturnen ginge, und mich dann gefragt hatte, was ich so in meiner Freizeit machte, war mir nur »Auch so Sport« eingefallen, weil mich der Gedanke, wie Jana im Sportanzug auf dem Balken turnte, etwas abgelenkt hatte. »Aber nicht so vereinsmäßig«, setzte ich hinzu, um mein Gesicht zu wahren.

Jetzt wollte Jana mit mir laufen gehen. »Komm schon, das finde ich immer total schön nach dem Sex«, gurrte sie mich an. Ich konnte ihr nicht sagen, was ich nach dem Sex gern machte, weil ich noch nie in die Verlegenheit gekommen war. Vielleicht war ein entspannter Langlauf auch das, was mir am besten danach gefiel. Also liefen wir durch die Grünanlagen. Doch schon bald begann ich kurzatmig zu japsen.

»Was hast du denn?«, fragte mich die neben mir herfedernde Jana verwundert.

»Ich glaube, das sind die falschen Schuhe«, keuchte ich verzweifelt und hielt mir die Seite, um das Seitenstechen nicht so zu spüren. Sie hatte ihre Haare zu einem Pferdeschwanz zusammengebunden und trug einfache Trainingsklamotten. Wie sie da so stand, sah sie richtig schön aus, und es wurde mir klar, was für Galaxien zwischen uns lagen. Und genau da, keuchend auf dem Beton des Murtzaner Rings, wurde mir klar, dass ich diese Geschichte sehr bald würde beenden müssen.

Vielleicht war sie in einer Sekte

Was den Frauenmarkt betraf, war ich das Pendant zu einer steinalten Hafendirne, die nachts in der Nähe der Fischkonservenfabrik steht und hofft, dass sich durch die Gnade der Dunkelheit ein Freier in ihr Revier verirrt. Daher konnte ich nicht wählerisch sein, gegessen wurde, was auf den Tisch kam.

Das war in etwa die Grundlage meiner Beziehung zu Jana. Sie hatte wirklich alles, was ich in einer Frau nicht suchte. Sie hatte einen schlechten Musikgeschmack, war nicht besonders helle und dafür vor allen Dingen ausgesprochen plüschig. Ich fürchte, dass es gerade diese Plüschigkeit war, die mir Jana als Sexualpartnerin verschafft hatte. Als ich so linkisch und verlassen in der *Feuerwache* herumgestanden und versucht hatte, mir den Abend schönzutrinken, musste ich in Janas Augen vermutlich süß und hilflos ausgesehen haben.

Keine Ahnung, ob Plüsch eine Art unbewusster Reaktion zur technokratischen Geradheit der Umgebung darstellt, jedenfalls schien sie mir in den architektonischen Einfallslosigkeiten der Satellitenstädte besonders verbreitet. In jedem Fall war Plüschigkeit in Janas Zimmer sehr stark vertreten. Sie hatte ein Bett, ein Sofa, einen Schrank und einen Schreibtisch in die enge Koje gezwängt, so dass man kaum die Pressholztür dorthin öffnen konnte. Die vielen Kissen und Decken waren einheitlich mit Satinwäsche in einem Farbton zwischen Rot und deutlicher Tendenz zum Lila bezogen. An den Wänden hingen Reproduktionen pastellig gesprühter Liebesszenen. Was auch immer wir in diesem Zimmer jemals taten, ich konnte es nur nachts und bei ausgeschaltetem Licht tun.

In dem kleinen Flur hingen dort, wo andere Garderobenhaken oder Schlüsselkästen haben, Setzkästen mit kleinen Figuren aus Plastik und Messing. Im Bad waren Waschmaschine, Fußboden und Toilette von einem einheitlichen Puschelstoff überzogen. Die Wände des Wohnzimmers waren von reich verzierten Gipsmasken bevölkert, die angeblich venezianisch waren. Vielleicht gehörte sie auch einer Sekte an, deren Mitglieder dazu gezwungen wurden, diesen ganzen Plüsch überall anzubringen. Wenn dem so war, dann hatte Jana sicherlich schon eine führende Position inne, denn zur Abrundung all dessen hingen an ihrem Rucksack sowie an ihrem Schlüsselbund unzählige kleine Stofftiere. Wenn sie ihren Rucksack trug, sah sie aus wie das Hohnlachen der Postmoderne über die Urvölker, deren Mitglieder die Trophäen der von ihnen geschlachteten Tiere am Körper trugen. Jana wollte der Welt mit ihrem Rucksack vielleicht mitteilen, dass sie schon ganz viele Plüschtiere geschlachtet hatte. Und statt schlichter Punkte malte sie kleine Kreise über jedes »i«.

Ich hatte sie im Spätherbst kennengelernt und beschlossen, mit ihr zu überwintern. Ihre Eltern waren selten zu Hause, außerdem war die Wohnung immer sehr gut geheizt mit einem vollen Kühlschrank und einem großen Fernseher. Durch diese Planung kam ich in die Verlegenheit, Jana etwas zu Weihnachten schenken zu müssen.

Natürlich dachte ich auch darüber nach, sie gewissermaßen zu missionieren, ihr meine Vorstellung von wahrer Schönheit und vom wirklich Guten durch kleine Geschenke nahezubringen. Es hat wohl viele Gründe, warum ich das nicht tat, warum ich nicht einmal den Versuch unternahm. Einerseits hielt ich ein solches Unternehmen für aussichtslos. Es könnte Jahre dauern, bis sich unsere Vorstellungen von gutem Geschmack angeglichen haben würden – was aus meiner Sicht natürlich bedeutete, dass Jana meinen Geschmack übernehmen würde. Wir würden Rentner sein, bevor sie verstand, was gute Musik war. Außerdem versuchten wir niemals, jemanden von unserem Geschmack zu überzeugen. Zwar verlachten wir all die Idioten, die die falsche Musik hörten und die falschen Klamotten trugen, aber wir versuchten auch nie, sie eines Besseren zu belehren. Die Mehrheit der Idioten bestätigte uns in unserer einzigartigen Klugheit, und ohne Idioten hätte unsere Selbstgerechtigkeit auf tönernen Füßen gestanden. Vor allem aber – würde ich heute sagen – hatte ich gar nicht die Absicht, Jana zu einer anderen Person zu machen. Ich wollte sie so, wie sie war, und ganz für mich allein – meine Zauberbraut in ihrer Neubauwohnung, fernab von dem, was ich für meine Wirklichkeit hielt.

Wenn ich ihr also auch nichts Cooles schenken wollte, war ich auch nicht bereit, mein Geld für ein sektentypisches Produkt auszugeben. Ich wollte diesem Chaos nicht noch eine Maus oder eine Softrockplatte hinzufügen. Als ich an einem Fotoladen vorbeiging, sah ich die Werbung: »Schenken Sie sich!« Daneben Fotos von jungen Männern und Frauen mit Weihnachtsmannmütze. Damals erschien mir das als die rettende Idee. Ein Foto von mir, das sie später schön hässlich rahmen konnte. Ich ging hinein und sagte: »Ich komme wegen der Werbung.«

Hinter dem Verkaufstisch stand ein junger, braun gebrannter, modisch gekleideter Mann, der viel besser als ich zu Jana gepasst hätte, wenn er sich für Frauen interessiert hätte. »Du willst dich fotografieren lassen? Vier Abzüge kosten dreißig Mark.«

»Ja«, sagte ich verlegen.

Er schaute an mir herab. »Willst du so auf den Fotos aussehen?«, fragte er in einem Tonfall, der mein Nein schon vorwegnahm.

»Nein«, parierte ich. »Habt ihr vielleicht irgendwo einen Kamm für mich?«

»Für wen soll denn das Foto sein?«, fragte er. »Für deine Großeltern?«

»Nein, für meine Freundin«, sagte ich gern, denn erstens konnte ich das nicht oft genug wahrheitsgemäß sagen, und zweitens sollte der Ladenschwengel wissen, dass ich auf Frauen stand. Aber damit hatte ich mich voll reingeritten.

»Na, dann muss es vielleicht nicht so ein Schwiegersöhnchenfoto mit gekämmten Haaren sein?«

»Nein.«

»Komm mal mit nach hinten«, sagte er. »Wir werden mal sehen, was sich machen lässt.«

Hinten war ein blaues Tuch aufgehängt, davor standen Lampen, die er anknipste. Ich stellte mich vor das blaue Tuch.

»Das ist kein Foto«, sagte er knapp.

Ich verschränkte die Arme vor der Brust und schaute provozierend in die Kamera.

»Das sieht besser aus, aber willst du dich wirklich in dem Outfit fotografieren lassen?« Ich trug meine Lieblingsjeans, die alten Schuhe und einen schönen Pullover, auf dem *Mustang* stand. »Was meinst du?«

»Zieh doch wenigstens mal den Pulli aus.« Unter dem Pullover trug ich nicht gerade mein bestes T-Shirt. Das war mal weiß gewesen, bevor ich es mit einer neuen schwarzen Jeans gewaschen hatte.

»Das geht ja gar nicht. Komm, ich bring dir mal was anderes.« Er kam zurück mit einem roten, glänzenden Unterhemd, das er mir hinhielt. Ich sah ihn ziemlich entsetzt an.

»Ich denke, das ist für deine Freundin? Oder soll es doch für Mutti sein?«

»Nein, ehrlich nicht.«

»Dann kann es doch ruhig ein bisschen scharf sein! Komm, zieh das an, du siehst bestimmt phantastisch damit aus!«

Ich streifte mir das furchtbare Teil über den Kopf und schaute unglücklich in die Kamera.

»Schon viel besser, aber die Jeans geht jetzt natürlich

gar nicht.« Er rannte nach hinten und brachte einen passenden Schlüpfer mit.

»Nein. Den ziehe ich auf keinen Fall an.«

»Komm schon«, bettelte er. »Das sieht scharf aus, darüber wird sie sich richtig freuen.«

»Nein«, beharrte ich.

»Dann zieh aber wenigstens diese doofe Hose aus.« Unter der doofen Hose trug ich einen noch viel dooferen Schlüpfer, der vielleicht bequem war, aber natürlich nicht so eng anlag wie das Hemd. Aber ich wollte es hinter mich bringen.

»Los, fotografier mich!«

»Wenn du meinst. Du hast es nicht anders gewollt.«

Ich gab mir Mühe, möglichst verwegen oder freundlich auszusehen, auch wenn ich mich äußerst unwohl fühlte in meiner Haut.

Auf den Fotos, die ich zwei Wochen später abholte, sieht man einen unglückseligen dünnen Mann mit Brille im schlecht sitzenden Hemd und einem Billigschlüpfer, der eine Nummer zu groß ist. Überraschenderweise freute sich Jana und heftete es sofort an die Wand ihres Schlafzimmers – ein Grund mehr für absolute Dunkelheit.

Als wir uns im März trennten, nahm ich die Fotos natürlich mit.

Im Sommer darauf arbeitete ich als Briefträger. Von dem verdienten Geld kaufte ich mir für siebzig Mark die Negative vom Fotografen zurück. Erleichtert verbrannte ich sie noch am selben Abend.

Ich rechnete damit, dass sie mich nach dem Weg zur Toilette fragen wollte

Peggy traf ich auf einer Party, bei der wir uns hinterher einig waren, dass es einfach nicht die Art von Party war, wo wir normalerweise hingingen. Das Ereignis stieg in einem umgebauten Bootsschuppen von Randberlin. Olaf hatte mich dorthin eingeladen, aber ich glaube, nur weil Olaf mir noch etwas dafür schuldete, dass ich ihm durch intensiven Nachhilfeunterricht die Vier in Mathematik gerettet hatte. Olaf wohnte bei uns im Haus. Er war zwei Jahre älter als ich und ging erst in die zehnte Klasse. Eigentlich hätte er sich durch die vielen wiederholten Klassen langsam auskennen müssen, aber Schule war für Olaf nur von minimalem Interesse. Trotzdem musste er den Abschluss der zehnten Klasse unbedingt schaffen, weil sein Vater ihn in seiner Klempnerbude einstellen wollte, und dafür reichte ein Abgangszeugnis der achten Klasse nicht aus. Also gab sein Vater mir Geld, und ich übte mit seinem Sohn die Grundrechenarten. Meine Motivation war sehr hoch, weil mich die Angst trieb, dass Olaf mir am Jahresende die Fresse polieren würde, wenn es wieder nicht für eine Vier in Mathematik reichte.

Es hatte gereicht, und Olaf war glückliche achtzehn, ich war unglückliche sechzehn und hatte noch zwei weitere Schuljahre vor mir, würde also am Ende des Weges genauso lange wie er zur Schule gegangen sein. Olaf brachte mir zweihundert Mark als Abschlussprämie und lud mich zu dieser Feier ein, die im Bootsschuppen seiner Eltern stattfinden sollte. Zu dieser Zeit konnte man mich mit den Worten »Party« und »Freibier« überall hinlocken. Also setzte ich mich in die S-Bahn und fuhr durch Berlin und lauter »– bei Berlins«, bis ich schließlich in Randberlin ausstieg und die Dorfstraße entlang zum Bootsschuppen lief. Der Weg war nicht schwer zu finden, ich musste einfach einer akustischen Druckwelle folgen, die sich über das Dorf ergoss und in deren Epizentrum die Party stattfand, die, wie sich herausstellte, von Olafs großem Bruder war. Wie sich weiterhin herausstellte, war Olafs großer Bruder Biker, und insofern war ich der Einzige, der dort zu Fuß und in Oberbekleidung aus Stoff auftauchte. Wenn man dazu in Betracht zieht, dass ich etwa sechs Jahre jünger als alle anderen, sagen wir mal, Gäste war, kann man sich mein sofortiges Wohlbehagen dort gut vorstellen.

Mit Bikern hatte ich niemals etwas zu tun gehabt. Meine Eltern fuhren einen Trabant, und ich durfte selbst Fahrrad nur heimlich in der Stadt fahren, weil es meinen Eltern viel zu gefährlich war. Aber gegen das Motorradfahren hatten sie einen umfangreichen Strafkatalog geschaffen: Ein Motorrad anzusehen wurde mit dem Verlust der Nachspeise bestraft, das passive Mitfahren brachte einen Monat Taschengeldsperre, und das aktive

Fahren bedeutete Tod und ewige Verdammnis, was auch immer zuerst eintrat.

Daher benahm ich mich ziemlich unbeholfen auf dieser Party von Leder und Chrom, hatte aber noch weniger Lust, mich schon nach ein paar Minuten wieder zu verdrücken, um stundenlang nach Hause zu fahren. Also nahm ich mir ein Bier, stellte mich irgendwo hin und beobachtete das Geschehen. Die Musik klang mit den verzerrten Gitarren und der überschaubaren Akkordanzahl ein bisschen wie Punk, erinnerte bloß stärker an Marschmusik, die Haare der Gäste waren länger, aber ordentlicher, und der Motorradtyp war MZ 250er, etwas anderes gab es damals nicht, das Bier war das Gleiche wie unseres.

In der Nähe des Wassers rauchte ein Grill. Ein Verlängerungskabel führte aus dem Bootsschuppen heraus zur Diskothek, die aus zwei Tischen bestand, auf denen zwei Plattenspieler und ein Kassettenrekorder standen. Wenn große Hits kamen, stellten sich die Männer im Kreis auf, hielten eine Hand in die Luft und warfen ihre Köpfe im Rhythmus vor und zurück. Im hellen Licht der farbigen Scheinwerfer konnte man die Schuppen aus ihren Haaren fliegen sehen. Ich amüsierte mich still und unauffällig, da ich niemanden kannte. Olaf hatte ich vor ein paar Stunden das letzte Mal gesehen. Bestimmt lag er irgendwo betrunken herum.

Es war schon später am Abend, als eine von den Tussis auf mich zukam. Ich rechnete damit, dass sie mich nach dem Weg zur Toilette fragen wollte. Sie war ein ganzes Stück jünger als die anderen Frauen und schien nicht einmal schlecht auszusehen. Genau konnte ich es nicht sagen, weil ich aus Angst vor Schlägen den ganzen Abend niemanden länger als ein paar Sekunden angesehen hatte. Die Typen sahen nicht ungefährlich aus, und ich wollte weder wegen »Was glotzt du mich so blöd an?« noch wegen »Was glotzt du meine Frau so blöd an?« auf die Mütze bekommen.

Die Frau stellte sich neben mich und wippte ein bisschen zum Takt der Musik.

»Was machst du denn hier?«, fragte sie mich.

»Nur so ein bisschen abhängen.«

»Kennst du den Typen, der hier wohnt?«

»Nein«, sagte ich ehrlich, denn ich kannte ja nur den Bruder.

»Ich auch nicht«, brüllte sie mir ins linke Ohr. »Ziemlich scheiße hier.«

Ich gab nur einen undefinierbaren Laut von mir. Ich wollte ihr nicht widersprechen, aber ich wollte auch nicht aus Versehen: »Ja, ich finde es hier auch scheiße« mitten in eine Pause zwischen zwei Nummern brüllen. Ich fragte mich, was die Frau von mir wollte.

»Was machst du heute noch?«, fing sie wieder an.

»Häh?«

»Na, willst du die ganze Nacht hier abhängen?«

»Nein«, sagte ich.

»Ich auch nicht. Wollen wir abhauen?« Jetzt schaute ich die Frau doch einmal richtig an. Das war doch mit Sicherheit irgendeine Art von Verarschung. Die Frau sah einfach heiß aus. Lange schwarze Haare, eine kräftige Nase, blitzende Augen und ein lebenserfahrener Mund.

Sie war vielleicht genauso alt wie ich, aber ein paar Zentimeter größer und trug eine Motorradkluft aus schwarzem Leder. Ich kannte meinen Marktwert sehr genau, er lag irgendwo zwischen Amöben und Pantoffeltierchen und hatte nicht im Entferntesten mit dieser Frau neben mir zu tun.

»Was ist, kommst du mit?«

»Wohin denn?«

»Ist doch egal, weg von hier.«

»Ich bin aber zu Fuß da«, sagte ich. Ich war nicht von gestern, und das hier war eine sonnenklare Verarschung. Ich sollte mir einbilden, dass die Frau mich anmacht, dann würde der Mob mir irgendeine Art von Streich spielen, und zum Schluss würde ich wie ein Vollidiot nach Hause fahren, mit nassen Klamotten oder abgeschnittenen Haaren oder was es sonst noch so gab. Es war nicht verwunderlich, dass so etwas passierte. Ich war der Einzige, der hier nicht herpasste, war klein und schwach. »Opfer« war mir förmlich auf die Stirn geschrieben. Meine einzige Chance auf einen Heimweg in Würde bestand in einer rechtzeitigen und unauffälligen Flucht.

»Zu mir ist es nicht weit.«

»Okay, aber ich gehe zuerst.«

»Wieso gehst du zuerst?«, fragte sie. Damit hatte sie nicht gerechnet.

»Damit es nicht so auffällt. Bis dann.« Noch bevor sie ihre finsteren Pläne weiter ausführen konnten, ging ich einfach los, diese Party war für mich vorbei. Jetzt war ich wieder stocknüchtern. Ich kam fast bis zur S-Bahn, bevor ich Motorenlärm hörte. Erschrocken drehte ich mich um, aber glücklicherweise war es nicht die Bikermeute, sondern nur ein vereinzeltes Motorrad. Ich verlangsamte meinen Schritt, das Motorrad hielt neben mir.

»Du läufst ganz schön schnell«, stellte die Frau fest. »Komm, steig schon auf.« Ich stieg auf. Wir fuhren wirklich nicht weit, und keiner folgte uns. Das hier war vielleicht doch keine Verarschung. Als ihre Wohnungstür hinter uns ins Schloss fiel und sie sich die Jacke auszog, hatte ich langsam das Gefühl, dass es um irgendetwas ganz anderes ging, als ich bisher befürchtet hatte. Aber es war mir egal, worum es hier ging, und ich half ihr, auch noch den Rest der Kleidung auszuziehen. Ich hatte keine Zeit, darüber nachzudenken, warum eine solche Frau jemanden wie mich abschleppte. Zeit für Erklärungen würde es womöglich später noch geben, und wenn sich das nicht ergeben sollte, interessierte mich das jetzt weniger. Für die folgenden Ereignisse hätte ich meinen Tod billigend in Kauf genommen. Glücklicherweise war wenigstens sie keine Laiendarstellerin und konnte die Aufführung durch ihre Professionalität ein wenig retten.

Am nächsten Morgen wachte ich auf und fühlte mich sehr leer und sehr schlapp an. Peggy war über mich gebeugt und betrachtete meinen Hintern. Das hatte ich noch nie erlebt und fühlte mich daher geschmeichelt. Bis gestern Nacht war ich mir hässlich vorgekommen. Seitdem war viel passiert.

»Halt still!«, sagte sie und holte eine Art Lötpistole aus ihrer Nachttischschublade.

»Was ist das?«, fragte ich entsetzt.

»Meine Tattoo-Gun, was sonst?« Sie war über meine Ignoranz ehrlich erstaunt.

»Und was machst du damit?«

»Ich *muss* dir unbedingt meine Signature eintätowieren. So eine zarte Haut habe ich überhaupt noch nie gesehen. Bist du männlich geboren oder umgefummelt?«, fragte sie mit ehrlichem Interesse, während sie sich die Haare aus dem Gesicht schmiss und sorgfältig eine passende Stelle auf meinem Hintern suchte. Ich nahm mal an, dass ich sie gestern sexuell nicht überbeansprucht hatte.

»Nein, ich bin als Mann geboren«, behauptete ich tapfer. Ihr Lachen wollte ich überhören. Dann begann sie, an meinem Hintern herumzustechen. Prinzipiell lehnte ich ja Tätowierungen ab, im Osten waren sie nur Gefangenen und Seeleuten vorbehalten, und wenn man zu keinem dieser Kreise gehörte, dann sollte man sich auch nicht mit den Insignien schmücken. Aber an diesem Morgen hatte Peggy bei mir mehr als nur einen Wunsch frei. Ich hatte den allerbesten Sex meines Lebens gehabt, was sicherlich auch daran lag, dass es für mich seit Langem wieder einmal Sex in Anwesenheit einer anderen Person gewesen war. Also biss ich die Zähne zusammen und ließ sie an meinem Hintern herumstechen. Nach einer Weile gewöhnte ich mich an den Schmerz. Außerdem waren ja Motorradfahrer auch Menschen, denen Tätowierungen zustanden, und vielleicht war ich seit gestern auch ein Biker.

»Gehst du öfter zu solchen Partys?«, fragte ich in das Kissen hinein.

»Ach du Scheiße, nein!«, sagte sie.

»Ich auch nicht.«

»Wenn irgendeiner bei den *Spades* wüsste, dass ich zu solchen Kindergeburtstagen gehe, könnte ich mich nicht mehr im Klubhaus blicken lassen«, murmelte sie mir mit einer kleinen Nadel zwischen den Zähnen zu.

»Bei den *Spades*?«, fragte ich.

»Ja, *Aces of Spade*, mein Klub. Kennst du die *Spades* nicht?«

»Nö.« Wenn es ein Film gewesen wäre, hätte ich überlegen können, so zu tun, als hätte ich ihn schon mal gesehen. Aber in diesem Fall war Leugnen zwecklos.

»Viele sagen, wir sind der härteste Klub der Stadt. Jedenfalls sagen das alle, die wir zum Arzt geschickt haben«, lachte sie. »Wir sind ein ganz normaler Klub, bisschen feiern, bisschen herumfahren, und wenn es Stress gibt, dann müssen wir uns auch mal verteidigen.«

»Warum gibt es denn Stress?«, versuchte ich Konversation zu machen.

»Wenn irgendwelche Wichser in unseren Gebieten Drogen verkaufen, das ist zum Beispiel Stress«, erklärte sie.

»Und ihr seid gegen Drogen?«

»Ja, wir sind gegen Drogen«, lachte sie. »Jedenfalls, wenn sie von anderen kommen. Im *Spades-Land* gibt es nur Stoff von den *Spades*, oder es gibt Stress.«

Ich vermutete, dass mich dieses Thema nicht sehr viel weiterbringen würde. Also versuchte ich es mit einem anderen: »Und was machen wir heute?«

»In einer halben Stunde bin ich hier fertig«, sagte sie.

»Dann ziehst du dich an und gehst vor die Tür. Und danach kann es dir egal sein, was ich mache, mir ist es jedenfalls scheißegal, was du dann machst.« Ihre Offenheit musste man schätzen.

»Wollen wir denn nicht noch frühstücken oder so?«, fragte ich verblüfft.

»Ich sagte ›scheißegal‹, und zwischen ›scheiß‹ und ›egal‹ passt nichts, schon gar kein Frühstück. Wenn du frühstücken willst, werde ich dich nicht daran hindern. Aber was auch immer du tun wirst, du wirst es weder hier noch mit mir tun.«

»Und was ist mit gestern Nacht?« Ich sah mein kleines Haus aus nietenbesetzten Lederkarten über mir einstürzen und versuchte mich verzweifelt dagegen zu wehren.

»Wie bitte? Ach so!« Sie lachte nur auf. »Ich hatte keinen Bock mehr auf diese Kinderfeier und wollte noch ein bisschen Sex, aber nicht zu viel und nicht zu hart, und da habe ich dich da stehen sehen und wusste: Das ist genau das Richtige: hoffentlich nicht zu wenig, aber sicher nicht zu viel. Wir sind zu mir nach Hause, und das war's.«

»Gut«, sagte ich tapfer. Sie hatte mich nur benutzt. Die Nadelstiche taten nun wieder mehr weh.

»So, fertig«, sagte sie ein paar Minuten später zufrieden. »Ist echt gut geworden, besser als auf so einem haarigen Bikerhintern herumzustechen.«

Tragischerer Midas

Ich glaube, diese ständigen Partys waren eine Art von Reaktion auf den Umstand, dass wir alle keinen Telefonanschluss bekamen. Anstatt zu telefonieren, trafen wir uns andauernd auf Partys und sprachen miteinander. Eine Gaststätte, in der wir uns in vergleichbar angenehmer Atmosphäre hätten treffen können, gab es ja auch nicht. Es gab viel mehr Partys als Anlässe und diese Zusammentreffen waren äußerst entspannt. Jedenfalls lief nicht immer laute Musik, und nicht jeder trank wesentlich mehr als drei Getränke. Es war meistens sehr familiär. Nur so ist es zu erklären, dass Julias Kommen kaum Aufsehen erregte, denn sie war zweifellos eine sehr schöne Frau. Zuerst fiel auf, dass sie alle um ein paar Zentimeter zu überragen schien. Das war eine optische Täuschung, die dadurch hervorgerufen wurde, dass Julia sehr aufrecht ging, sehr lange Beine und beinahe ebenso lange, schwarze Haare hatte. Die Lässigkeit, mit der sie sich bewegte, die kleinen Achtlosigkeiten in ihrem Gang, die Jeans und ihr einfaches Baumwollhemd erschienen bei ihr wie eine Rolle, die sie spielte, wo Anmut und Eleganz ihr natürliches Verhalten waren, wie ein Gegenentwurf zu den vielen Frauen, die in Abendkleidern, Schminke und hohen Schuhen nicht anders als verkleidet aussahen.

Anette stellte uns vor. Dass Julia sich für Modezeitungen fotografieren ließ, überraschte mich nicht. Damals hieß dieser Job noch Mannequin, theoretisch konnte man auch Fotomodell sagen, aber Model würde dieses Tun erst viel später heißen.

Wie ich sofort sah, lag Julia völlig außerhalb meiner Möglichkeiten. Sie war wohl zwei Jahre älter als ich und vielleicht sogar zwei Zentimeter größer. Sie hatte schimmernde schwarze Haare, leuchtende Augen, eine ausdrucksstarke Nase, einen großen, nach links etwas schiefen Mund mit vollen Lippen, einen beachtenswerten Busen, lange, schlanke Beine in Jeanshosen und eine eigene Wohnung. Sie gehörte zu den Frauen, mit denen ich nicht meine Zeit verschwendete, so wie ein Betriebssportverein nicht seine Zeit damit verschwendete, um den Europapokal zu kämpfen.

Wie die Dinge lagen, war meine einzige realistische Hoffnung, ein Freund von Julia zu werden. Das war mehr, als ich erhoffen konnte, dieses Kartenhaus war im Grunde genommen schon viel zu hoch und wacklig, als dass ich daran auch nur das kleinste bisschen gebaut hätte. Als Freund der schönen Julia durfte ich sie auch meine Freundin nennen und mit ihr und vielen anderen zumindest zweimal im Jahr zum Baden fahren. Ein schwer bestimmbarer Anteil an bewundernden Blicken auf unsere Badegesellschaft war garantiert.

Julia war von solcher Schönheit, dass sie für mich wie

eine hässliche Frau war. In gewisser Hinsicht erleichterte es für mich den Umgang mit ihr. Traf ich eine Frau, bei der ich mir Chancen ausrechnete, schienen die meisten Module meines Gehirns auszufallen. Entweder laberte ich diese Frauen voll, bis sie in Ohnmacht fielen, oder ich führte irgendwelche anderen Rituale auf, für die ich mich kurze Zeit später zu Recht schämen würde. Bei Julia war ich von solchen Problemen vollkommen befreit. Nicht dass ich nicht darüber nachgedacht hätte, wahrscheinlich hatte mein Unterbewusstsein im Hintergrund eine Überprüfung ablaufen lassen, mit dem Ergebnis, dass etwa vierzig Millionen Männer Julia toll finden würden, von denen etwa neununddreißig Komma acht Millionen bessere Chancen als ich hätten, jedenfalls sah ich sie nicht als eine mögliche Partnerin.

Unausgesprochen ging ich auch davon aus, dass Julia älter als ich war, zu einer Zeit in meinem Leben, da eine auch nur einen Tag ältere Frau einen auch nur einen Tag jüngeren Mann nur mit Mühe überhaupt als Mitmenschen akzeptierte. Heute glaube ich, dass Julias Schönheit dazu führte, dass jeder Mann, der sich ein wenig zu jung fühlte, sie älter schätzte und jeder Mann, der sich ein wenig zu alt fühlte, sie jünger schätzte. Es war einfach ein Ausdruck für ihre Unerreichbarkeit, niemals würde man sich gleichaltrig fühlen.

Julia sagte mir später, dass ich sie damit zur Weißglut gebracht hätte. Während jeder andere ihr bekannte Mann für ihre Adresse gemordet hätte, fragte ich niemals danach, weder direkt noch unauffällig. Während andere Männer ganze Zimmerfluchten durchquerten, um ihr ein brennendes Feuerzeug hinzuhalten, hätte ich ihr auf die Frage nach Feuer eine Streichholzschachtel in die Hand gedrückt. Wo sie sonst Männer sammelte wie ein von der Decke hängender Klebestreifen die Obstfliegen, hätte ich immer die erste Gelegenheit genutzt, mich zu verdrücken. Und während andere immer wieder nach dem nächsten Treffen fragten, hätte ich mich immer mit einem einfachen »Tschüss« verabschiedet.

Wie gesagt, das Ganze beruhte auf einem Missverständnis. Ich war wie immer auf Partnersuche, und so sympathisch ich Julia fand, so empfand ich die Gespräche mit ihr doch als eine Art Zeitverschwendung. Wie sollte ich eine Frau für mich finden, wenn ich mit dieser Frau sprach, die so offensichtlich nicht für mich bestimmt war? Potenzielle Partnerinnen würden denken, ich sei nicht allein, vielleicht mit meiner Schwester oder irgendeiner guten Freundin gekommen.

Selbst als Anette mir irgendwann sagte, dass Julia sich aber auffällig oft nach mir erkundigen würde, blieb ich vollkommen gleichgültig. Ich war damals meiner Erinnerung nach in die kleine Sandra aus Stefans Klasse verliebt und grübelte darüber nach, wie ich sie für mich gewinnen konnte. Mit Stefan hatte ich mich verstritten, da er der Meinung war, dass eine bestimmte Summe von mir als Schenkung an ihn konzipiert gewesen sei, obwohl ich mir sicher war, ihm diese Summe als Leihgabe zur Verfügung gestellt zu haben. Aber die kleine Sandra hatte so schöne Rehaugen und sah niedlich und ungefährlich aus, dass ich verzweifelt nach Möglichkeiten suchte, mich mit Stefan zu treffen, ohne mit ihm zu reden.

Eine Julia, die sich auffällig oft nach mir erkundigte, war mir angesichts dieser schwierigen Situation eher gleichgültig. Sicher wollte sie meine beste Freundin sein, das kannte ich schon. Ich hatte unzählige beste Freundinnen, in die meisten von ihnen war ich vorher verliebt gewesen, auch Anette war meine beste Freundin. Das Konzept sah so aus, dass die Frau meine beste Freundin zu werden anbot und ich daraufhin ihre beste Freundin werden sollte. Allerdings wäre ich eine beste Freundin mit Penis, was den Vorteil hätte, dass ich bei bestimmten Problemen hinzugezogen werden konnte, wo eine beste Freundin ohne Penis nicht weiterwusste. Mein Freund hat mich verlassen, warum schauen die Männer mir immer auf meinen Busen, warum liebt keiner meine Seele, waren so die Hauptfragen, die man als beste Freundin mit Penis zu beantworten hatte. Die Antworten hatte ich mittlerweile alle parat, sie waren erprobt, zuverlässig und nachvollziehbar. Ich hätte eine Radiosendung machen sollen: »Frag die beste Freundin mit Penis!«

»Hallo, beste Freundin mit Penis, hier ist die Jeanine aus Hohenschönhausen. Deine Sendung finde ich toll, ich höre sie immer beim Abwaschen. Meine Frage ist: Warum wollen Männer immer nur das eine von mir?«

»Jeanine, wenn du willst, dass Männer nicht nur deinen Körper sehen, dann wäre es günstig, wenn sie nicht nur deinen Körper sehen. Ein Minirock und ein bis zum Bauchnabel reichender Ausschnitt lenken die Männer davon ab, mit dir über dein Spezialgebiet der Quantenphysik zu sprechen.«

»Meinst du? Aber was soll ich tun?«

»Versuch's doch einmal mit funktionaleren Klamotten, du wirst feststellen, dass du darin immer noch toll aussiehst.«

»Danke, beste Freundin mit Penis! Wie kann ich dir jemals danken?«

Ich hatte so viele beste Freundinnen, dass ich längst den Überblick verloren hatte. Ich kam mir vor wie eine Art tragischer König Midas. Sicher war König Midas schon an sich ein tragischer Held gewesen, aber während bei ihm alles, was er anfasste, zu Gold wurde, wurde jede Frau, für die ich mich interessierte, zu meiner besten Freundin. Ich frage mich, ob Midas mit mir getauscht hätte. Und sicher wollte auch Julia meine diesbezüglichen Ratschläge, vielleicht hatte sich auf dem Beste-Freundinnen-Markt schon herumgesprochen, dass ich unschlagbar war.

Julia hatte mir den ganzen Abend von Fotoaufnahmen erzählt, bei denen sie in Unterwäsche Zigaretten rauchen sollte, aber ich hatte nur mit einem halben Ohr zugehört, weil sich gerade gestern herausgestellt hatte, dass die kleine Sandra mit einem Fußballspieler zusammen war, von dem ich vorher nichts gewusst hatte. Jetzt ärgerte ich mich darüber, dass ich Stefan seine Schulden umsonst erlassen hatte. Ich war doch nicht die Bank von England!

»Hörst du mir überhaupt zu?«

»Was? Ja doch.«

Gedankenverloren verabschiedete ich mich von Anette irgendwann nach Mitternacht, und Julia sagte, sie würde gleich mitkommen. Als wir unten auf der Straße waren, klagte sie plötzlich, dass sie nicht wüsste, wie sie jetzt noch nach Hause kommen solle. Sie wohnte in Pankow, und Anettes Wohnung war in der heute umbenannten Dimitroffstraße.

»Du kannst doch einfach laufen«, sagte ich. »Maximal zwanzig Minuten.«

»Ja, aber es ist so kalt«, jammerte Julia. Meine Güte, es war eben September, und beim Laufen würde ihr bestimmt warm werden.

»Das ist immer so, wenn man gerade aus einer Wohnung kommt«, erklärte ich. »Das wird gleich wieder besser.«

»Aber es ist so weit«, beharrte sie.

»Sonst nimm doch ein Schwarztaxi«, schlug ich vor. Schwarztaxis füllten damals die große Lücke zwischen dem Angebot und dem Bedarf an Taxis. Es war eine Art Trampen in der Großstadt, selbst der Preis war frei verhandelbar. Julia musste bei ihrem Aussehen bestimmt nie viel zahlen.

»Nee, da habe ich schlechte Erfahrungen«, nörgelte sie. »Das sind immer so alte, geile Böcke, die Schwarztaxi fahren.«

»Wie bist du denn sonst immer nach Hause gekommen von Anette?«, wunderte ich mich.

»Na irgendwie.«

Um Himmels willen, erst diese Pleite mit Sandra, und jetzt ningelte auch noch Julia hier herum. Ich wollte nur nach Hause gehen. »Dann weiß ich es auch nicht«, sagte ich.

»Sag mal, wohnst du nicht hier um die Ecke?«, fiel ihr plötzlich ein.

»Ja, in der Hagenauer, da hinten«, zeigte ich. Meine erste eigene Wohnung. Dunkel, nass und kalt, aber dafür stand mein Name unter dem Mietvertrag.

»Kann ich dann nicht einfach bei dir schlafen?«

»Von mir aus.« Dass Julia nicht die zwanzig Minuten laufen wollte, fand ich reichlich zickig, aber wie jeder, den ich kannte, war ich immer auf Besuch eingerichtet. Damals war das absolut üblich. Freunde aus Köpenick oder anderen Orten in der Provinz übernachteten prinzipiell bei ihren Berlinbesuchen irgendwo bei Freunden. Jeder hatte einen Schlafsack, und wer kein Sofa besaß, hatte wenigstens eine zusätzliche Matratze unter dem Bett liegen. Die Alternative dazu wäre höchstens ein Campingplatz, über Hotels oder Pensionen dachten wir nicht einmal nach.

In meiner Wohnung klappte ich die Couch aus, holte das Gästebettzeug aus dem Schrank und zeigte Julia das Klo. Dann ging ich schlafen. Als kurz darauf Julia an meiner Tür klopfte, war ich restlos entnervt.

»Was ist denn?«, fragte ich.

»Sag mal, du spinnst ja wohl auch!«, sagte Julia entrüstet.

»Was denn?« War ihr das Bett nicht weich genug, oder mochte sie die Bettwäsche nicht?

»Brauche ich einen großen Hammer, oder brauchst du einen Stadtplan, oder was muss passieren?«

»Was meinst du denn?« Was wollte diese als Mannequin arbeitende Frau in Spitzenunterwäsche nachts um halb eins in meinem Schlafzimmer? Ich war komplett überfordert.

»Oder bist du schwul?«, fragte sie jetzt.

»Nein«, beeilte ich mich zu sagen. Denn schwul wollte ich auf keinen Fall sein, gerade weil ich nur so selten Gelegenheit dazu hatte, unter Beweis zu stellen, dass ich auf Frauen stand. »Was meinst du denn?«

»Na, du hättest doch wenigstens sagen können, dass dir gerade einfällt, dass dein Sofa kaputt ist, und dass es wohl das Beste ist, wenn wir beide in deinem Bett schlafen.«

»Häh?« Ich verstand kein Wort. »Willst du lieber in meinem Bett schlafen?«

»Ja, bis vor ein paar Sekunden schon«, seufzte Julia erschöpft. Der Knall, mit dem sie die Tür hinter sich schloss, übertönte das gleichzeitige Geräusch, das der späte Fall des Groschens bei mir verursachte. Ich Idiot! Wie angewurzelt stand ich in meinem Zimmer, während die letzten Stunden immer wieder im Schnelldurchlauf an mir vorbeirauschten. Wie hatte ich es nur geschafft, nichts zu verstehen? Offensichtlich war ich so überzeugt davon, nicht überzeugen zu können, dass ich selbst diese auf einem Silbertablett servierte Gelegenheit noch versemmelt hatte.

Vorsichtig öffnete ich die Tür zum Wohnzimmer: »Julia?«

»Hau bloß ab, du Idiot!«

»Ich wollte nur ...«

»Hau ab!«

Ja, diese Gelegenheit hatte ich versemmelt. Die ganze

110

schlaflose Nacht über fiel mir nichts ein, mit dem ich meine Idiotie wieder hätte geraderücken können. Als Julia am nächsten Morgen grußlos verschwand, vertrieb ich mir den Rest des Tages damit, meinen Kopf gegen die Wand zu schlagen.

Mein erstes Mal Heroin

Es war der 24. Dezember, das Jahr hieß 1989, und Anette und ich hatten uns vorgenommen, schon dieses Jahr ein hundertprozentig echtes West-Weihnachten zu verleben, ein Weihnachten, dass sogar Leute aus Westdeutschland neidisch gucken würden. Wir würden nicht erst hundert Jahre warten und lernen müssen, um richtige Westler zu werden.

Wir trafen uns um 21 Uhr am Nollendorfplatz. Ich hatte vorher mit meiner Familie um den großen Tisch im Wohnzimmer gesessen, alle vier Kerzen des Adventskranzes hatten geleuchtet, das Geschenkpapier lag, zusammengefaltet und einmal mit dem Handrücken drübergestrichen, auf einem Haufen neben dem Sofa, daneben, ordentlich um drei Finger zusammengerollt, die vielen bunten Schnüre, die auch noch gut waren. Wir hatten Kartoffelsuppe mit Würstchen gegessen, und ich hätte selbst unter Folter nicht preisgegeben, dass wir auch reichlich Weihnachtslieder gesungen hatten. Anette trat mit einem debil-glücklichen Ausdruck aus einer U-Bahn, so dass ich annahm, dass auch ihr Heiligabend nicht so richtig cool begonnen hatte. Also begrüßten wir uns nur knapp, ich schüttelte Anette eine Lucky Strike halb aus der Packung, und das würde das Einzige sein, das wir uns heute schenken würden.

Anette hatte zu der Zeit Hermann als festen Freund, mit dem sie schon die Ewigkeit von sieben Wochen zusammen war. Hermann lernte Bürokaufmann, und wenn auf jemanden der Ausdruck lustiges Haus zutraf, dann war es Hermann. Im Wochenrhythmus stiegen bei ihm Partys, wo immer massenhaft angehende Bürokauffrauen hinkamen. Jeder wollte zu diesen Partys. Sonnabends um Mitternacht mit einer Bierflasche inmitten eines Haufens alkoholisierter, vollkommen alberner Beinahe-Sekretärinnen stehen zu dürfen, die ungeschickt zu schlechter Musik tanzten, und dabei die indiskrete Geruchswolke von vierzigmal billigem Haarspray einzuatmen, dieses Gefühl überstieg bei Weitem alle erotischen Phantasien, die ich mir in meiner eigenen kümmerlichen Imagination hätte zusammenträumen können, auch wenn keine der Damen je auch nur einen Funken Interesse an mir zeigte.

Aber Hermann war heute nicht dabei, weil er seine Eltern irgendwo in der südostdeutschen Provinz mit seiner Anwesenheit unter dem Weihnachtsbaum beglückte. Anette und ich gingen zur Kasse des *Metropol*, wo die berühmten *Plan B* spielten. Ohne mit der Wimper zu zucken, gaben wir der Kassiererin Unmengen von unserem Westgeld für die Karten. Wir fragten nicht einmal nach den erniedrigenden Ostlertarifen, die in manchen Klubs angeboten wurden. Am Eingang ließen wir uns das

Handgelenk abstempeln, in den Ostklubs war uns immer eine vorgestanzte Ecke von der Eintrittskarte abgerissen worden. Anette ging vor mir durch die Tür. Ich überlegte kurz und zog dann den linken Ärmel meines Pullovers ein paar Zentimeter nach oben, um mir den Stempel auf die Innenseite des Handgelenks geben zu lassen. Als Rechtshänder benutzte ich die linke Hand weniger, musste sie auch weniger waschen und hoffte so, dass der Stempel länger zu sehen war, damit ich darauf angesprochen werden und ganz nebenbei erwähnen konnte, dass der, ach so, von meinem letzten *Plan-B*-Konzert war.

Das Konzert selbst konnte nicht so cool sein, wie wir uns dabei fühlten, am Heiligabend im *Metropol* zu tanzen. Aber *Plan B* spielten ihre neue Platte und die größten Hits der letzten drei Platten routiniert herunter, und wir gratulierten uns mit jedem neuen Hüpfer zu unserer überlegenen Weltläufigkeit. Nach dem Konzert gingen wir nicht nach Hause, sondern noch ins gegenüberliegende *Cafè Fehlgriff* auf ein paar Westgetränke, anstatt ein paar Stationen mit der U-Bahn zum Billigbesäufnis für Ostgeld im *Mainzer Eck* zu fahren.

Im *Fehlgriff* bestellten wir uns *Beck's*-Bier in Flaschen, was wir für erfrischend und lecker hielten, wohl weil es aus dem Westen kam und im Gegensatz zu den halben Litern, die wir immer im *Mainzer* auf den Tisch gestellt bekamen, nicht nach Bier schmeckte. Nach einer Weile kamen wir mit zwei anderen Gästen ins Gespräch. Sie waren ein bisschen älter als wir und kamen aus Hamburg. Er hieß Steffen, war durchschnittlich groß, hatte normale schwarze Haare, trug eine Lederjacke, die direkt über der Hüfte in einem durch die Jacke gezogenen Gürtel endete, Jeans und Westernstiefel. Sie hieß Sabrina, war ziemlich klein, hatte lange blonde Haare, die irgendwo zwischen strähnig und lockig lagen, trug eine schwarze Leinenbluse mit einer rosafarbenen Kordel durch den Kragen und eine wehende Mischung aus Hose und Rock.

Wir unterhielten uns über allerlei Unfug. Steffen und Sabrina erzählten, dass sie gern in Berlin seien, wir sagten Ja, und so fort. Irgendwann ging Sabrina auf die Toilette und blieb dort auffällig lange. Wir unterhielten uns mit Steffen weiter, und ich beobachtete, ob er sich denn wegen Sabrinas langem Verschwinden Sorgen machte. Da er aber nichts sagte, nahm ich an, dass sie vielleicht ihre Tage hatte. Nach einer Weile kam Sabrina wieder an den Tisch und setzte sich, als sei nichts gewesen.

Die beiden fragten, was wir denn an Silvester machen würden. Da würden wir natürlich zur Party bei Hermann gehen. Seit Wochen freute ich mich schon darauf und hoffte auf zahlreiche Neujahrsküsse betrunkener Sekretärinnen der Zukunft. Und weil Anette nicht so war und weil wir spätestens heute zu echten Westlern geworden und außerdem langsam betrunken waren und weil die Hamburger die Rechnung bezahlten, lud Anette auch Steffen und Sabrina zu der Party ein. Sie hatte als Hermanns Freundin schließlich das Recht dazu, und es wäre überhaupt die Sensation, Silvester mit echten Westlern zu feiern, mit denen man nicht verwandt war, einfach Kumpels, nur eben aus Hamburg. Steffen und Sabrina sagten zu. Wir verabredeten, sie vom Bahnhof abzuholen, dann schloss irgendwann auch das *Fehlgriff*, in dem heute ohnehin nicht viel los gewesen war, und unsere Wege trennten sich.

Hermann war groß und blond, tat aber immer irgendwie auf niedlich-unbeholfen und kam deshalb sehr gut bei den Mädchen an. Die Woche Heimatbesuch ohne Anette hatte er sexuell nicht überstehen können und war deshalb am dritten Weihnachtsfeiertag mit einer alten Schulfreundin ins Bett gegangen. Anette rief mich an und sagte mir, dass wir natürlich nicht zu Hermanns Silvesterparty gehen würden. Nie wieder wolle sie ihn, »seine Fickschlampe« und natürlich auch »seine hässlichen Kolleginnen« jemals wiedersehen. Ich fand das schade, schließlich war ich nicht mit Hermann zusammen gewesen und hätte trotzdem gern mit den Sekretärinnen gefeiert.

»Was sollen wir jetzt Silvester machen?«, fragte ich Anette entsetzt.

»Ich weiß nicht«, sagte sie. »Eigentlich ist mir überhaupt nicht nach Feiern.«

»Aber die Hamburger kommen doch extra hierher, um mit uns zu feiern.«

»Ach Scheiße, das habe ich beinahe vergessen«, sagte sie.

»Also, was machen wir jetzt?«, fragte ich noch mal. »Wir können doch zusammen irgendwo hingehen.«

»Nein, versteh mich doch. Ich möchte einfach nur zu Hause sein und nachdenken.«

Aber ich wollte nicht verstehen. Anette hatte die Hamburger eingeladen, sie war verantwortlich, und zu Hause nachdenken konnte sie auch noch nach Silvester: »Ich suche eine Party raus, und wir gehen da hin«, sagte ich entschlossen.

Zur Sicherheit holte ich Anette ab. Sie trottete mit Leidensmiene zum Bahnhof, und wir warteten auf die Hamburger. Kurz bevor der Zug kam, sagte sie: »Ich muss nur mal schnell etwas nachsehen.« Dann war sie weg. Eine kurze Drehung in die Menschenmenge, der Zug aus Hamburg fuhr ein, Anette war nicht zu sehen. Plötzlich stand ich allein mit dem Hamburgern auf dem Bahnhof. So blieb mir nur zu sagen: »Fahren wir erst mal zu mir. Ich erkläre euch dann alles auf dem Weg.«

Zum Zeitpunkt der Einladung war klar gewesen, dass die Hamburger bei Anette schlafen sollten. Sie hatte ausreichend Platz in ihrer Wohnung und ich wohnte in meinem Kellerloch, aber das war jetzt auch schon egal. Aber trotzdem erschien es mir plötzlich ein bisschen fragwürdig, zwei Leute mit in meine Wohnung zu lassen, die ich, wenn ich es einmal genau bedachte, nur von ein paar Stunden betrunkenem Gerede aus dem *Fehlgriff* kannte. Aber es war schon abends, und ich hatte gar keine Wahl. Sie schmissen ihre Sachen bei mir zu Hause ab, und wir gingen zu den Partys, die ich herausgesucht hatte. Alles war lustig, die Musik war gut, Sabrina und Steffen amüsierten sich. Sabrina verschwand wieder länger auf dem Klo, vielleicht hatte sie immer noch ihre Tage oder ein seltenes Darmleiden.

In den frühen Morgenstunden wankten wir zu mir nach Hause. Wir setzten uns noch an den Küchentisch, tranken ein letztes Bier und redeten. Die beiden dankten mir für die tolle Silvesternacht. So hätten sie sich schon lange nicht mehr amüsiert. In Hamburg, da hätten sie nämlich kaum noch Freunde, mit allen zerstritten wegen Geld und so. Dann schaute Steffen plötzlich Sabrina tief in die Augen, sie nickte bedeutungsvoll, und dann sagte er zu mir: »Du, es war so toll heute abend, und du warst so nett, wir müssen dir etwas erzählen.« Ich schaute ihn ängstlich an. Hoffentlich ging es nicht um einen Dreier, war das Erste, was mir einfiel.

»Wir sind beide heroinabhängig, und wir wollten dir das sagen. Wäre das in Ordnung, wenn wir jetzt hier etwas nehmen, oder sollen wir beide extra aufs Klo gehen?« Ich fühlte mich wie jemand, der von einem Zug überfahren wird und dabei merkt, dass es auch irgendetwas Wichtiges gibt, das er jetzt entscheiden müsste, aber stattdessen die Waggons zählt. Ich nickte.

Sabrina holte eine Rolle Alufolie aus ihrer Handtasche. Sie riss ein Stück ab und knickte darauf eine Rille. Dann holte sie eine kleine Plastiktüte aus der Hosentasche, schüttete ein Pulver auf die Alufolie. Sie bastelte aus einem weiteren Stück Folie eine Art Strohhalm. Dann machte sie Feuer unter dem Pulver, das zu einer flüssigen Kugel verschmolz. Die Kugel rollte die Rille auf der Alufolie lang, während ihr Sabrina darunter mit dem Feuerzeug und darüber mit dem Strohhalm folgte und sorgsam jedes bisschen Rauch von der Kugel einsog. Dann übergab sie an Steffen, der die Kugel zurück über die Folie schickte, und so ging es ein paarmal hin und her, bis die Kugel verschwunden war.

Drogen gab es in der DDR praktisch nicht. Ich kannte jemanden, der behauptete, dass er jemanden kennen würde, der Haschisch raucht. Und das war schon meine wildeste Drogenstory. In den Ostmedien wurde unaufhörlich von der Drogenverseuchung des Westens geredet, diese war neben der Arbeitslosigkeit eines der Hauptargumente gegen den Kapitalismus, obwohl beide Argumente vollkommen exotisch wirkten. Hätte man geschrieben, dass man auch im Westen auf manches Auto mehrere Jahre warten musste, hätte man einen größeren Effekt erzielt. Jedenfalls liefen die Drogengeschichten im Ostradio immer nach demselben Muster ab: Montags zog man, womöglich aus Versehen, an einer Haschischzigarette, und spätestens Mittwoch setzte man sich den Goldenen Schuss auf einem tristen Klo des Bahnhofs Zoo. Am Dienstag hatte man noch Zeit, zu stehlen, zu dealen, sich zu prostituieren, zu infizieren, zu kontaminieren.

Und jetzt saß ich Silvester am Küchentisch zwei Junkies gegenüber, die hier in aller Ruhe Heroin nahmen. Wenigstens spritzten sie nicht, dann wäre ich wahrscheinlich in Ohnmacht gefallen. Ich lehnte mich weit zurück und atmete möglichst flach, damit ich auch aus Versehen nichts von den Dämpfen des Todes einsog. Als sie fertig waren, betrachtete ich sie ganz interessiert, ob sie jetzt abgedrehte Lieder oder zusammenhanglose Religionsgeschichten erzählen würden. Aber es passierte nichts. Die beiden waren unverändert, vollkommen klar. Sie waren wahrscheinlich schon ein bisschen länger dabei. Sie erzählten, dass sie auch ein bisschen was verkaufen würden, und daher würde es finanziell ganz gut gehen.

Es war jetzt schon früh am Morgen, und wir brauchten alle Schlaf. Doch ich bekam kein Auge zu. Wenn das im Nebenzimmer Junkies waren, dann wäre es doch möglich gewesen, dass sie meine Wohnung leer räumen und abhauen würden. Ich wälzte mich hin und her, bis ich auf die rettende Idee kam, die Wohnung von innen abzuschließen und auf den Schlüsseln zu schlafen. Nun hatte ich Angst, dass sie mich im Schlaf überfallen würden. Man konnte ja nie wissen.

Nachdem ich ein paar Stunden geschlafen hatte, weckte ich die beiden für ihren Zug. Sabrina war in kaltem Schweiß gebadet und verschwand erst einmal für eine Weile auf der Toilette. Als sie ihre Sachen packten, holte ich die Schlüssel unter meiner Matratze hervor und schloss, ohne dass die beiden das mitbekamen, möglichst leise die Wohnung wieder auf. Ich brachte Sabrina und Steffen zum Bahnhof und war mehr als froh, als ich das rote Rücklicht ihres Zuges aus dem Ostbahnhof fahren sah. In der Wohnung sah ich nach, aber es fehlte nichts. Nun schämte ich mich beinahe wegen meines Misstrauens, fand aber, die Situation im Grunde ganz gut bewältigt zu haben. Mir war schon am Heiligabend aufgefallen, dass die beiden stark nach Deodorant rochen, aber ich hatte mir gedacht: Das machen die Hamburger eben so. Heute hatte ich andere Vermutungen, warum sie so starke Aromen an sich herumtrugen. Obwohl ich die Wohnung gründlich lüftete, würde der süßliche Geruch von Sabrinas Deo noch tagelang in allen Zimmern liegen.

Kraft des Geistes

Es war eine komische Zeit, damals, als ich zwanzig geworden war. Ich hatte das Abitur und hatte danach nicht zur Volksarmee gemusst. Doch nicht das, was die Leute »die Wende« nannten, hatte mich zur Besinnung gebracht. Nein, es war wohl eher eine Art von Erschöpfung, derentwegen ich damals schmerzhaft aus einer Zeit der Dauerverliebtheit erwachte. An einem bierverschmierten Kneipentisch neben dem dicken Börner und dem Schnapstrinker, irgendwo zwischen der vierten und der fünften Runde des Dienstagabends, wachte ich auf.

Immerhin hatte ich eine eigene Wohnung, auch wenn dort die Heizung und die Toilette nicht ganz in Ordnung waren. Die Heizung bestand aus ein paar rußenden Öfen, die immer erst dann warm wurden, wenn ich die Wohnung verlassen musste, und spontan zu erkalten schienen, sobald sie meinen Schlüssel im Schloss hörten. Ich denke, die Öfen hatten etwas gegen mich. Die Toilette war ganz in Ordnung, leider befand sie sich außerhalb meiner Wohnung und hatte nicht einmal einen rußenden Ofen, so dass ich im Winter gern sonntags vormittags woanders frühstückte, weil die Toilette zwar für die notwendigen Verrichtungen in Ordnung war, aber für den Sonntagvormittag war sie nichts.

Immerhin hatte ich eine Dusche, auch wenn die wie eine Telefonzelle aus Vollplastik in meiner Küche stand. Wenn ich duschen wollte, musste ich eine halbe Stunde vorher den Drehschalter auf »An« schieben. Freunde hatten mir geraten, die Duschkabine vor dem Duschen selbst wieder auszuschalten, weil der verhältnismäßig dünne Plastikboden nicht ewig halten würde, und darunter befanden sich ein kleiner Boiler und die Elektrik der Kiste. Es sei besser, wenn die Kabine in dem Augenblick, wenn der Boden unter dem Duschenden zerbrach, nicht unter Strom stünde. Ich überlegte, den dicken Börner alle Jahre zu mir zum Duschen einzuladen, als eine Art Sicherheitsinspektion, obwohl ich nicht wusste, wie ich das anstellen sollte. Möglicherweise würde Börner es merkwürdig finden, wenn ich ihm alljährlich, vielleicht bei einem Losgehbier, beiläufig noch eine kurze Dusche anbieten würde.

Seine Sorgen wären völlig unbegründet gewesen; hätte ich auf Männer gestanden, dann sicherlich nicht auf den dicken Börner mit seinen Zimmermannshosen und den Halbstiefeln aus braunem Wildleder, die er aus der DDR in das neue System hinübergerettet hatte. Ohnehin stand ich überhaupt nicht auf Männer. Ich liebte eigentlich Frauen. Obwohl, und vor allem deswegen war es eine komische Zeit, damals stand ich nicht einmal auf Frauen.

Etwa seit meinem vierzehnten, möglicherweise schon

seit meinem dreizehnten Lebensjahr war ich kontinuierlich verliebt, verknallt, vernarrt, begeistert, liebestoll gewesen. Einen normalen Puls hatte ich während dieser Zeit praktisch nicht gekannt, ständig hatte mein Herz für irgendeine Frau gepocht. Klare Gedanken hatte ich fast nur gehabt, wenn ich gegen eine Wand lief oder auf dem Zahnarztstuhl saß, dann spürte ich Schmerzen und nichts anderes. Sonst war irgendwelche Watte in meinem Gehirn umhergeflufft, hinter der mir unscharf die jeweils aktuelle Flamme entgegenleuchtete. Ich wäre damals bei jeder Religion herausgeflogen, weil ich alle paar Monate oder Wochen eine andere anbetete.

Doch was hatten die Frauen mit mir gemacht? Sie hatten mein Herz genommen und damit Federball gespielt. Sie hatten damit die Unterkanten ihrer Toiletten gereinigt und es dann heruntergespült. Sie hatten sich damit die Zahnzwischenräume von Plaque befreit. Sie hatten darauf herumgetrampelt und es in meinem ständig weit geöffneten Brustkorb links liegen gelassen. Die meisten Frauen hatten mich einfach nur missachtet, vor allem wenn ich ihnen keinerlei Zeichen meiner Liebe gegeben hatte. Später, als ich mich darin übte, subtile und schließlich überaus plumpe Signale an die Frauen meines Herzens auszusenden – die Palette reichte von verschämten Blicken bis zu Sträußen aus roten Rosen mit einem Kärtchen »Willst Du mit mir gehen?«, das es trotz des Sieges des Kapitalismus absurderweise in keiner Blumenhandlung bereits vorgefertigt zu kaufen gab, so dass ich es in meiner Schrift selbst erstellen musste, die zwar in meinen ersten Schuljahren stets im Fach »Schönschrift« bewertet worden war, aber mit Schönschrift überhaupt nichts zu tun hatte – jedenfalls führten diese Signale dann zu direkter Ablehnung als neuer Erfahrung, die ich mit Frauen sammeln konnte, in die ich verliebt war.

Eine weitere wesentliche Erfahrung war die der Ausbeutung gewesen. Und ich war nicht von irgendwelchen Anfängerinnen ausgebeutet worden. Nein, ich war zwei Jahre lang in der Gefangenschaft der Königin der Ausbeuterinnen gewesen, auch wenn ich danach noch ein paar Angehörige ihres Volkes kennenlernen musste. Jedes Mal hatte ich so viel Ermutigung bekommen, dass ich weiterhin Hausaufgaben für meine Geliebte schrieb, Essen für sie kochte und die Wohnung aufräumte oder jeden anderen erdenklichen Mist, aber natürlich ging es nie so weit, dass ich geküsst wurde. Diese Beziehungen hatten wenigstens in Erschöpfung meinerseits geendet, für einen Kuss hätte ich weitergemacht, dann wurde es für die Frauen Zeit, mir die Wahrheit vor den Kopf zu stoßen. Eine Unterform dieser Ausnutzung war das Angebot, ein bester Freund zu werden. Ich hätte an das Guinnessbuch schreiben können und einen Rekord für meiste beste Freundinnen anmelden können, wäre das nicht zu peinlich gewesen. Zwar wurde ich auch verhöhnt und ausgelacht, aber in diesem Fall währte meine Verliebtheit nicht sehr lange, so dass diese Ereignisse im Verlauf meiner mehr als fünfjährigen Krankheit weniger schwere Phasen waren.

Ich war es müde, ständig verliebt zu sein. Es kostete mich jedes Mal eine Unmenge Energie, die sinnlos verloren ging. Ich erinnerte mich, wie ich zu einer der zufälligen Verabredungen mit einer meiner Frauen unter großen Mühen einen Strauß roter Rosen mitgebracht hatte, fest und wild entschlossen, es ihr diesmal zu sagen, es dieser Frau einmal zu sagen. Wie ich dastand am verabredeten Treffpunkt, die Rosen mit meiner Hand im Rücken, denn es sollte eine Überraschung sein, und überlegte, mit welcher Straßenbahn sie wohl kommen würde, damit ich wusste, wie ich die Rosen am sichersten vor ihr verstecken würde, damit sie nichts ahnte. Wie mich die halb spöttischen, halb freundlichen Blicke der Passanten nervten. Wie mich schließlich der Mut verließ und ich nach einer Weile die Rosen in den Papierkorb warf, obenauf, damit, wenn sie den Strauß zufällig sehen würde, ich irgendetwas Poetisches über einen unglücklich verliebten jungen Mann sagen könnte. Wie ich nach ein paar weiteren Minuten schließlich die Rosen tief in den Papierkorb stukte, damit sie den Strauß gerade nicht sehen könnte und ich mich zum Esel machte. Wie sie dann überhaupt nicht zu dem Treffen kam und ich nach einer knappen Stunde Warten frierend wieder nach Hause fuhr und mich darüber ärgerte, dass ich dann die teuren Blumen auch meiner Mutter hätte schenken können, die sich mit Sicherheit darüber gefreut und kaum etwas dabei gedacht hätte. Aber ich erinnerte mich nicht mehr daran, wie die Frau hieß oder wie sie ausgesehen hatte. Es waren einfach zu viele gewesen, mit denen ich im Laufe der Zeit diese Art von Beziehung gehabt hatte.

Aber mit zwanzig war ich aufgewacht. Die verschiedenen Verliebtheiten waren immer mehr zu einem einzigen, schwer erträglichen Zustand zusammengeflossen. Ich wusste nicht mehr, ob ich Jasmin vor zwei Jahren oder zwei Wochen geliebt hatte, ob mich Ute verarscht oder nur abgelehnt hatte, ob ich schon in Jacqueline verliebt gewesen war oder das noch machen musste. In der Schule hatten sie uns eingeimpft, dass man mit der Kraft seines Geistes alles erreichen könne. Aber ich hatte fünf Jahre lang nur an das Eine gedacht und nichts damit erreicht außer Niedergeschlagenheit, Ablehnung und Enttäuschung. Meine Beziehung zu den Frauen war zu einer einzigen Beziehung geworden, die, wenn man es einmal kritisch betrachtete, am ehesten einer einzigen langen Folter glich. Ich hatte fast alles mir verfügbare Geld für sie ausgegeben, ich hatte mir die Haare Dutzende Male für sie schneiden lassen, ich hatte mir Kleidung für sie gekauft und Musikkassetten für sie aufgenommen, ich war zu Konzerten gegangen und hatte vor Tanzstudios gestanden, ich hatte geraucht und getrunken für sie, und ich hatte nichts dafür bekommen. Keinen echten Kuss, keine Beziehung auf Gegenseitigkeit und schon gar keinen Sex. Die Frauen hatten mich enttäuscht und verbogen.

Doch so wie ein Marathon nicht nur endet, wenn man die Ziellinie erreicht, sondern eben auch, wenn man ihn abbricht, endete glücklicherweise auch diese Zeit meines Lebens. Ich bemerkte es das erste Mal bei der neuen Kellnerin im *Rollfeld*. Sie hatte feingliedrige Arme, kurze schwarze Haare und ein sehr entrücktes Lachen. Ach je, dachte ich. Schon wieder so eine Frau, die toll aussieht und sympathisch wirkt und für die du dich zwei Wochen lang zum Affen machen kannst. Scheiß was drauf.

Ich sprach sie an: »Ein Bier!«, sagte ich.

»Kommt sofort«, lächelte sie zurück.

»Das will ich auch hoffen«, knurrte ich leise, denn ich hatte die Nase schon voll von ihr.

Da merkte ich, dass ich geheilt war. Beschwingt verließ ich das *Rollfeld*, mir war, als wäre ich Atlas und hätte soeben die Weltkugel irgendeinem dahergelaufenen Halbgott auf den Rücken gesetzt. Ich fühlte mich so leicht und so unendlich frei.

Am nächsten Morgen war ich mit meiner üblich schlechten Kaufhallen-Laune in der Kaufhalle. Die üblich schlechte Kaufhallen-Laune bedeutete, dass ich niemanden sehen wollte außer das Kastenweißbrot und dass ich mit niemandem sprechen wollte als mit mir selbst, und zwar in einem brabbelnden, missmutigen Tonfall, der in spätestens fünfzig Jahren gut zu meinem Lebensalter passen würde.

Dann nannten wir es eben Party

Weil sie nicht an diesen Ort gehörte, erkannte ich Anette erst, nachdem ich sie eine Weile mit leerem Blick angeglotzt hatte. Anette gehörte nämlich in ihre Wohnung, so wie die Frau von Kasse drei an Kasse drei gehörte und der Typ aus der Sparkasse hinter die Glasscheibe vom Schalter. Außerhalb ihrer für mich gewohnten Umgebung hatte ich Schwierigkeiten, die Menschen zuzuordnen. Und Anette gehörte nicht ins *Rollfeld*, denn ins *Rollfeld* gehörten außer mir der schlecht gelaunte Volker, der dicke Börner, der Schnapstrinker, vielleicht noch der Kettenraucher mit der Zeitung und natürlich montags bis donnerstags die schöne Irene und am Wochenende die lesbische Nadine, der Börner einmal das merkwürdige Kompliment gemacht hatte, überhaupt nicht lesbisch auszusehen.

Anette gehörte in ihre Wohnung, schon weil sie damals die Erste von uns gewesen war, die eine Wohnung bekommen hatte, und deshalb ihre Wohnung auch immer unser aller Wohnung gewesen war. Die einzig blöde Zeit, an die ich mich erinnere, war, als Anette mit Virgil, diesem dämlichen Koch aus Österreich, zusammen war, der in einer Gaststätte in Westberlin kochte. Er kaufte sich immer nach Dienstschluss, also ein paar Stunden nach Mitternacht, für fünfundzwanzig D-Mark ein Tagesvisum von den ostdeutschen Grenztruppen und tauchte dann bei Anette auf. Wir mussten dann alle gleich gehen, egal, wie gut wir uns gerade unterhielten, denn Virgil konnte schließlich nur so selten kommen, und Virgil wollte nicht mitfeiern, sondern mit Anette ficken. Am nächsten Abend brauchte man sich dann auch erst nach Mitternacht bei Anette zu melden, denn Virgil wollte noch zum Abschied ficken, und deswegen wurde auch am nächsten Abend niemand hereingelassen. Pünktlich vor Mitternacht war er wieder in Westberlin, hatte für sein Geld ganz schön was geboten bekommen, und Anettes Wohnung gehörte endlich wieder uns allen.

Wir hätten Virgil auch gehasst, wenn er nett und gut aussehend gewesen wäre. Aber er war ein widerlicher Schnösel, der immer mit einer Art beleidigtem Gesichtsausdruck, ohne ein Wort zu sagen, in der Wohnungstür stand, bis wir alle, sozusagen der Abschaum, sich endlich aus seiner Wohnung entfernt hatte. Dabei rauchte er Marlboros, die er von der Unterlippe hängen ließ, trug Westernstiefel und geblümte Hemden. Anette hatte ihn auf einer Silvesterparty kennengelernt, die nicht bei ihr stattgefunden hatte, und wir fragten uns, ob er wohl vor oder nach Mitternacht bei dieser Feier aufgetaucht war.

Jedenfalls redeten wir alle auf Anette ein, dass Virgil sie doch nur benutzen würde, dass sie doch überhaupt keine Beziehung hätten, dass es ihm nur um den Sex ginge und dass Anette keine Ahnung habe, was Virgil denn so in Westberlin treiben würde. Sicher hatte er dort eine andere Freundin, womöglich sogar eine Frau, vielleicht war er dort sogar schwul, wir wussten ja aus dem Radio, dass das dort verbreitet war. Am Anfang widersprach uns Anette noch und sagte, wir würden Virgil nicht wirklich kennen, er sei so zärtlich und auch witzig sowie spontan. Aber als er immer seltener kam und auch zu Anettes Geburtstag erst eine halbe Stunde nach Mitternacht aufkreuzte, um ja nicht fünfundzwanzig Mark zu viel auszugeben, verlor sie langsam die Geduld mit ihm. Am Anfang hatte er laut Anettes Auskunft noch gesagt, als Österreicher könne er vielleicht sogar nach Ostberlin ziehen und weiter in seiner Westberliner Kneipe kochen, aber davon war schon seit Langem nicht mehr die Rede.

Das Ende war damals gekommen, als Virgil auf einer Party, zu der wir bleiben durften, mit irgendeiner Maria herumknutschte, die keiner von uns kannte und die wir natürlich auch nie näher kennenlernen würden. Danach gehörte Anettes Wohnung endlich wieder uns allen, was nicht heißen soll, dass Anette danach keinen Freund mehr gehabt hätte. Anette hatte eigentlich immer einen Freund, nur hatte sie danach niemanden mehr, der die Leute wegschickte.

Selbstverständlich war ich auch einmal in Anette verliebt gewesen, aber wann genau das gewesen war, hätte ich nicht mehr zu sagen gewusst. Es war jedenfalls in der Zeit, als ich meine Phasen von Verliebtsein schon längst als eine Art Krankheit empfand, gegen die mein Immunsystem offensichtlich eine ausgeprägte Schwäche hatte. War ich von den ersten Krankheitsschüben noch vollständig hinweggerissen worden in dem Gefühl, der Erste und Einzige zu sein, der so stark von diesen Symptomen befallen ist, war mir das Verliebtsein irgendwann zu einem lästigen Weggefährten geworden. Sah ich eine Frau wie Anette, wusste ich schon, dass es nur eine Frage der Zeit sein würde, bis ich mich in sie verlieben würde. Kam dann der Schub, bemühte ich mich darum, mich von der die Krankheit auslösenden Dame möglichst fernzuhalten, da ich in der Nähe erfahrungsgemäß irgendwelche Dummheiten anstellen könnte, die ich bald bereuen würde. Denn irgendwann mit sechzehn, siebzehn hatte ich eine beeindruckende Reihe von Frauen gesammelt, in deren Gegenwart ich mich irgendeiner Dummheit schämte, die ich einst für sie begangen hatte.

Also irgendwann in dieser Phase, die für mich zu einer einheitlichen Landschaft der Zeit zusammengelaufen war, hatte ich mich auch einmal in Anette verliebt. Kein Wunder, sie sah großartig aus, hatte wunderschöne Lippen, die dunkelrot und sehr voll waren, und eine eigene Wohnung. Aber ich war meiner Erinnerung nach niemals sehr stark in sie verliebt gewesen, weil Anette einerseits immer einen erkennbaren Freund gehabt hatte und andererseits gerade wegen ihrer Wohnung zu viel auf dem Spiel für mich stand. Hätte ich mich vor ihr so grundlegend blamiert, dass ich mich nicht mehr bei ihr hätte blicken lassen können, wäre mein soziales Leben zusammengebrochen. So konnte ich es bei Anette besonders gut akzeptieren, dass auch sie mich bald zu ihrer

131

besten Freundin mit Penis machte. Dadurch erhielt ich praktisch uneingeschränkten Zugang zu ihrer Wohnung und wertvolle Informationen über all die anderen Frauen, die sich dort aufhielten.

Aber wie gesagt, als sie im *Rollfeld* auftauchte, dauerte es einen Moment, bis ich sagen konnte: »Hallo, Anette, was machst du denn hier?«

»Sascha?« Wir umarmten uns herzlich, schließlich hatten wir uns eine Weile nicht gesehen und lange Zeit ziemlich nahegestanden. Sie hatte damals angefangen, Fotografie zu studieren, und Ralf war bei ihr eingezogen, was dazu führte, dass ihre Wohnung nicht mehr so uneingeschränkt allen zur Verfügung stand. Außerdem waren wir alle älter geworden, und die meisten hatten sich ihren Traum von einer eigenen Wohnung erfüllt, auch wenn wir niemals wieder eine so gemeinsame Wohnung wie die von Anette haben würden.

»Wohnt ihr noch in der Dimitroffstraße?«

»Längst nicht mehr«, sagte Anette. »Das Haus ist vollkommen entmietet und dann saniert worden. Ich wohne jetzt in der Hosemannstraße.«

»Mit Ralf?«

»Nein, mit Ralf bin ich schon seit mehr als einem Jahr nicht mehr zusammen. Ich habe da eine Weile mit Holger gewohnt, aber wir haben uns auch gerade getrennt. Es ist aber meine Wohnung.«

»Holger? Meinst du etwa Zarter? Du warst mit Zarter zusammen?« Wir hatten ihn so genannt, weil er uns erzählt hatte, eine bestimmte Creme sei für seine zarte Haut besonders gut.

»Ach, hör auf.« Anette winkte nur ab. Sie setzte sich zu mir an den Tisch und bestellte einen Rotwein. Wir unterhielten uns über vergangene Zeiten im Licht der Gegenwart. Anette war jetzt Fotografin, was ihrer Auskunft nach bedeutete, dass sie ständig irgendwo herumtelefonieren musste, um einen Auftrag zu bekommen oder um Aufträge, die sie schon erledigt hatte, bezahlt zu bekommen. Und nach wochenlangen Zeiten, wo sie keine Arbeit hatte, kamen immer wieder Phasen, wo sie nicht wusste, was sie zuerst machen sollte. Ihr Traum von einer berühmten Künstlerin, die gelegentlich für viel Geld die Berühmten und die Berüchtigten fotografierte, lag noch in weiter Ferne.

»Und die scheiß Männer!«, fluchte sie vier oder fünf Rotwein später. »Alles Vollidioten, Arschlöcher und Versager. Ralf, Holger, Michael, wie sie alle heißen.«

»Virgil«, erinnerte ich sie.

»Was? Ach ja, Virgil. Kennst du einen, kennst du alle«, sagte sie düster zum Boden ihres Glases.

»Die Frauen sind auch nicht viel besser«, sagte ich zum Boden meines fünften Bierglases, es konnte auch das sechste sein.

»Wieso?«, wunderte sich Anette. »Du hast dich doch immer so gut mit Frauen verstanden.«

»Ich habe mich gut mit Frauen verstanden? Das soll wohl der Witz des ausgehenden Jahrtausends sein.« Es gelang mir nicht einmal, ein höhnisches Lachen zustande zu bringen. »Frauen haben mich immer nur verarscht, verschmäht und versetzt. Manchmal eins davon, oft genug alles zusammen.«

133

»Aber du hattest doch immer viele Freundinnen? Mit dir konnte man immer über alles reden.«

»Anette, ich hatte immer viele Freundinnen, deren Freundin ich wiederum sein sollte.« Solche komplizierten Sätze mit vielen »l« lallte ich schon ein bisschen. »Aber mir hätte eine Freundin gereicht, die sich gewünscht hätte, dass ich ihr Freund wäre. Also ihr richtiger Freund, wenn du weißt, was ich meine.«

»Das wusste ich nicht«, sagte sie. »Du warst immer so desinteressiert. Ich hätte niemals gedacht, dass du so eine Art von Freundin suchst.«

»Ich weiß, das ist mein Problem«, bestätigte ich. »Die Frauen haben es niemals gemerkt, wenn ich verliebt in sie war.«

»Zum Beispiel jetzt«, fragte Anette. »Suchst du im Moment eine Freundin?«

»Mehr oder weniger«, antwortete ich. »Ich würde eine nehmen, aber ich suche keine mehr. Das habe ich aufgegeben.«

»Aber wenn du eine Freundin suchst, dann müsstest du doch viel mehr herumgrabbeln, mir die Hand auf den Arm legen, mir tief in die Augen sehen, ein Getränk ausgeben, all so was.«

»Kann sein«, sagte ich.

»Oder bist du nur nicht an mir interessiert?«

Überrascht sah ich vom Glas auf. Anette sah im Grunde besser aus denn je. Ohne die jugendlichen Dummheiten, mit denen sie ihre Schönheit hatte betonen wollen, strahlte sie noch heller als früher. »Nein, nein«, versicherte ich ihr. »Du bist immer noch toll. Aber wir sind doch befreundet.«

»Du willst also nur was mit Frauen anfangen, mit denen du dich nicht gut verstehst?«

»Nein«, sagte ich unsicher.

»Na, dann könntest du doch jetzt ein bisschen an mir herumbaggern.«

»Nein, das ist mir peinlich«, sagte ich. »Und wenn wir uns das nächste Mal treffen, ist mir das noch peinlicher.«

»Wieso ist dir das peinlich?«

»Weil ich daran denken muss, wie ich herumgebaggert habe und wie dumm und hilflos mir das Ganze am nächsten Morgen vorgekommen ist.«

»Das heißt«, fasste Anette zusammen, »du möchtest von dir bislang unbekannten Frauen angesprochen werden, ob sie deine Freundin sein dürfen.«

Ich brauchte einen Moment, um darüber nachzudenken. »So ausgedrückt, klingt es natürlich irgendwie komisch, andererseits würde ich nichts dagegen haben, wenn es sich so abspielen würde.«

»Mein Freund«, sagte Anette und legte ihren Arm um meine Schulter, »an deiner Stelle würde ich nicht gerade die Luft anhalten, bis das passiert. Es besteht sonst die akute Gefahr deiner Erstickung. Wir probieren jetzt einmal etwas ganz anderes.« Und dann drückte sie mich an die Sofalehne, beugte sich über mich und küsste mich wild und leidenschaftlich.

»Meine Wohnung ist hier gleich im Nebenhaus«, sagte ich, als ich mich wieder etwas geordnet hatte.

»Na, das ist doch großartig.«

Ich bezahlte unsere Rechnung, und wir gingen eng umschlungen die paar Schritte zu mir nach oben. Als wir

135

die Wohnungstür hinter uns zugeworfen hatten, schafften wir es nicht gleich bis ins Schlafzimmer. Als ob wir die richtige Reihenfolge nicht kennen würden, zogen wir einander die Hosen und nicht die Jacken aus. Ich drängte Anette auf den kleinen Tisch im Flur, dessen Funktion mir zuvor nie ganz klar gewesen war. Er war zu hoch, um daran sitzend etwas zu schreiben, aber zu niedrig, um ihn im Stehen zu benutzen. Deswegen benutzte ich ihn, um das Telefon darauf zu stellen. Ebendieses Telefon fegte ich nun mit hastiger Geste von diesem Tisch, um stattdessen Anette darauf zu platzieren. Und dann fand ich erfreut heraus, dass die Höhe des Tisches vielleicht schlecht zum Schreiben, dafür aber ideal für Sex im Stehen geeignet war.

Beim zweiten Mal waren wir immerhin schon vollständig ausgezogen und probierten etwas im Badezimmer, das aber nicht so richtig funktionierte. Die Oberflächen dort waren alle glatt und kalt, das einzige Licht war zu hell, aber ohne Licht war es zu dunkel, so dass keine rechte Stimmung aufkommen wollte. Anstandshalber brachten wir es zu Ende, zwei Hände an der Duschstange, ein Fuß auf dem Toilettenrand, aber ich war froh, dass wir uns bald danach im Bett wiederfanden, wo es warm und gemütlich war und wir noch eine Runde warmen und gemütlichen Sex machen konnten.

»Sag mal«, fragte Anette am nächsten Morgen, »ist das eigentlich deine Masche?« Sie sah etwas müde aus, aber immer noch großartig.

»Was?«, fragte ich.

»Na dieses: ›Ich hätte ja gern eine Frau, aber leider finde ich keine.‹«

»Nein, das ist doch keine Masche. Das ist die Wahrheit.«

»Ich hätte wetten können, dass das deine Masche ist. Bei mir hat sie jedenfalls voll funktioniert.«

»Tatsächlich?«, fragte ich interessiert.

»Ja. Erst mal ist es origineller als diese ganzen Machosprüche, und dann weckt es irgendwie auch so eine Mischung aus weiblicher Ehre und Beschützerinstinkt. Ich wollte dir helfen und gleichzeitig im Namen aller Frauen beweisen, dass nicht alle Frauen gleich sind.«

»Dass heißt, du hast aus Mitleid mit mir geschlafen?«, wollte ich wissen.

»Nein.« Sie überlegte. »Ich bin höchstens aus einer Art Mitleid scharf geworden. Gevögelt habe ich dann mit dir wegen meiner Geilheit.«

»Das ist wirklich interessant.« Weil es gerade so gut passte, fiel ich noch einmal über sie her. Aber das Tageslicht und die Abwesenheit von Alkohol in unserem Blut hatten dem Ganzen seinen Reiz genommen. Wir machten es wie ein altes Ehepaar. Ich konnte Anette riechen, und es war kein schöner Geruch nach dieser Nacht.

Wir frühstückten gemeinsam. Anette behauptete, nachher noch einen Termin in der Stadt zu haben, was auch immer das heißen sollte. Wir beendeten die ganze Affäre, indem wir uns zum Abschied genau so küssten, wie wir uns zur Begrüßung geküsst hatten. Damit war alles klar. Ich ging zurück in meine Küche, goss mir den letzten Rest Kaffee aus der Kanne in meine Tasse und dachte nach.

Ich war sehr zufrieden mit den letzten zwölf Stunden. Ich freute mich nicht nur darüber, die Nacht mit einer schönen Frau verbracht zu haben. Noch mehr freute ich mich darüber, dass ich einen sauberen One-Night-Stand ausgerechnet mit Anette hinbekommen hatte, nicht ohne Gefühle, aber ohne überflüssige, nicht ohne Leidenschaft, aber ohne Peinlichkeit. Ich fühlte mich wie neugeboren.

Raubtierfütterung

»Tausend Freundinnen, aber keine einzige Freundin, wenn du verstehst, was ich meine.«

»Ich glaube schon«, sagte Irene. Ich war der letzte Gast im *Rollfeld*. Selbst der dicke Andreas war schon gegangen. Er hatte am nächsten Vormittag einen Termin auf dem Arbeitsamt, auf dem er über seine Arbeitsplatzbemühungen der letzten Wochen sprechen sollte. Da hatte er nicht übernächtigt auftauchen wollen.

»›Sascha, mit dir kann man so toll reden‹ hier und: ›Sascha, keiner versteht mich so wie du‹ da. Und alles, was ich mir gewünscht hätte, wäre eine Freundin gewesen, mit der ich nicht nur reden muss.«

»Das kenne ich gar nicht«, sagte die schöne Irene. »Die meisten Männer wollen eigentlich gar nicht groß mit mir reden.« Sie hatte den Tresen schon abgewischt, die Gläser poliert und die Lichter ausgeschaltet. Nun saß sie mit am Tisch.

»Tja, willkommen in meinem Leben«, sagte ich.

»Und warum hast du nicht mal eine von denen gefragt, ob sie was Richtiges mit dir anfangen möchte?«

»Ach, den Punkt verpasst man so schnell. Plötzlich ist man miteinander befreundet und unterhält sich gerade so gut, dass irgendwelche Anmachen fehl am Platz wären.«

»Komisch«, sagte Irene, »ich bin froh, wenn mal ein Typ wenigstens hinterher noch mit mir reden will. Die meisten wollen nur so schnell wie möglich ins Bett, und nach dem Vögeln schlafen sie ein.«

»Hast du gar keine Freunde, die nicht mit dir gevögelt haben?«, fragte ich.

Irene überlegte. »Doch«, sagte sie schließlich, »zum Beispiel Heiner oder Fillip. Mit denen habe ich mich immer unterhalten. Der eine war Leiter unseres Schulorchesters, und der andere konnte jede Schallplatte der Welt besorgen.«

Ich nickte heftig. »Und, hast du mit denen mal gevögelt?«

»Natürlich nicht. Das sind mehr so Freunde von mir. Mit denen kann ich jederzeit quatschen, gerade auch, wenn es mal nicht so läuft.«

»Siehst du, das bin ich, sozusagen. Ich bin Heiner oder Fillip oder wie auch immer wir heißen. Die guten Freunde, die besten Kumpels, die geschlechtslosen Schatten. Denkst du, dass Heiner oder Fillip nicht gern mal mit dir ins Bett gegangen wären?«

»Ich glaube nicht«, widersprach Irene. »Ich habe jedenfalls nie was davon bemerkt.«

»Natürlich nicht«, sagte ich. »Weil du immer nur auf diese Paviane gehört hast, die dir am liebsten mit einer Keule auf den Kopf geschlagen und dich in deine Höhle mitgenommen hätten. Wie viele Platten hat Fillip dir besorgt?«

»Ich weiß nicht, unzählige.«

»Und denkst du nicht, dass Fillip dabei gehofft haben könnte, damit in deinem Herz Gefühle von Zuneigung auszulösen? Meinst du nicht, dass Heiner vielleicht das eine oder andere Lied mit dem Schulorchester nur für dich gespielt hat, während du darauf gewartet hast, dass mal wieder irgend so ein Bodybuilder vorbeikommt und dir einen Cola-Wodka spendiert?«

Die schöne Irene dachte angestrengt nach. »Meinst du?«, fragte sie nach einer Weile.

»Ja.«

»Das ist ja eigentlich voll süß«, sagte sie dann. »Ich meine, das mit den Platten und der Musik und das alles.«

»Ja, aber eben auch auf herzzerreißende Art sinnlos. Wir Heiners, Fillips und Saschas dieser Welt haben vielleicht die charmantesten Anmachen, aber auch die wenigsten Freundinnen.«

»Weil man es nicht mitbekommt.«

»Ja«, bestätigte ich. »Zu subtil.«

»Und du hast so was auch gemacht?«, fragte Irene. Sie hatte ihre Hand auf meine gelegt.

»Ich habe so was tausendmal gemacht. Ich stand mit Rosen an der Haltestelle, ich habe Kassetten zusammengemixt, ich habe Kuchen gebacken und Hausaufgaben durch die Stadt gefahren, samt Lösung und gefälschter Unterschrift. Ich habe Aufsätze geschrieben und Urlaube organisiert, ich habe herausgefunden, wie das Wetter in

141

Singapur ist, als es noch kein Internet gab. Ich habe Zelte aufgebaut und Frühstück gemacht. Alles.«

»Und kein Sex?«

»Jedenfalls niemals dafür.«

Irenes Wangen waren jetzt ziemlich rot geworden, und sie rückte unruhig auf ihrem Stuhl hin und her. Meine Hand hatte sie immer noch nicht losgelassen. »Und wie findest du mich?«

»Irene«, sagte ich sachlich, »du bist jung, hast leuchtende Augen, volle Lippen, einen schönen Busen und meterlange Beine. Der Mann, der dich nicht schön findet, kann für klinisch tot erklärt werden.«

»Und würdest du mit zu mir kommen wollen?«

»Natürlich.«

»Jetzt?«

»Ja.«

Die Art, mit der Irene in ihrer Wohnung über mich herfiel, erinnerte mich an die Raubtierfütterung, bei der ich einmal im Tierpark zugesehen hatte. Es lag auf der Hand, dass Anettes Rat sehr gut gewesen war.

»Weißt du, was die ganze Zeit dein Denkfehler war?«, fragte mich Lara ein paar Tage später morgens in ihrem Himmelbett. Ein Himmelbett passt in die meisten Stadtwohnungen so wenig wie ein Jagdhund. Beide brauchen mehr Platz, als ihn eine Stadtwohnung bieten kann. So war es auch bei Lara, die ich am Abend zuvor zufällig auf einem Konzert von *Skatastrophe* getroffen hatte. Wir waren danach noch was trinken gegangen, ich hatte ihr meine übliche Geschichte erzählt, und weil es näher zu

142

ihr war als zu mir, waren wir eben bei ihr gelandet. Ihr Gesicht sah ein bisschen so aus wie das einer chinesischen Porzellanpuppe, was ihr etwas Weltfernes, Entrücktes verlieh. Weil ich das Lara aber in der Nacht nicht mehr schlüssig erklären konnte, hatte ich stattdessen mit ihr geschlafen. Das verdammte Bett passte gerade so in das kleine Schlafzimmer, der namensgebende Himmel endete ein paar Zentimeter unterhalb der Zimmerdecke. Außerdem hatte ich mich gestern in der Hitze des Gefechts zweimal heftig an den Stangen gestoßen, so dass ich an diesem Morgen ohnehin nicht gut auf das Bett zu sprechen war.

»Nein«, sagte ich sanft zu Lara, »woher soll ich wissen, was mein Denkfehler war? Wenn ich das wüsste, wäre es kein Denkfehler, sondern vielleicht ein Trugschluss oder eine Fehlinterpretation. Aber meine Denkfehler können nur andere für mich herausfinden.«

»Wenn die Frauen dir gesagt haben, dass sie froh sind, dass du nicht nur mit ihnen vögeln willst, dann wollten sie damit sagen, dass sie mit dir vögeln wollen. Kannst du mir folgen?«

»Ich weiß nicht. Soll das heißen, dass du jetzt mit mir vögeln willst?«

»Gleich«, wies sie mich zurück. »Aber ich will dir das vorher unbedingt noch erklären. Wenn eine Frau so was sagt, dann bringt sie immerhin das Thema zur Sprache, das vorher unausgesprochen im Raum gestanden hat. Vorher hat sie es vielleicht mal mit einem schönen Hemd versucht oder mit erotischen Gesprächen, die als Klage über den Exfreund getarnt waren. Aber jetzt spricht sie es direkt an. Und dahinter steht meistens der Wunsch, das bisher unausgesprochene Thema nun anzugehen. Wenn dieser beste Freund jetzt nicht anbeißt, dann besteht die Gefahr, dass die Frau resigniert. Denn etwas muss ja auch von seiner Seite kommen, sie kann ja nicht nachts nackt an seiner Wohnungstür klingeln, um herauszufinden, ob da was geht.«

»Du meinst, ich hätte all die Frauen haben können, die mich jahrelang verarscht, gequält und hinters Licht geführt haben?«

»Bestimmt nicht alle«, sagte Lara, »aber eines steht auf jeden Fall fest: Verarscht, gequält und hinters Licht geführt hast du dich selbst.«

»Diese Sarah jedenfalls, die hat dich verarscht«, war Johanna überzeugt. »Wenn die nicht gewusst haben will, was du für sie empfindest, dann müsste sie schon blind und blöd gleichzeitig sein.« Sie stand frisch geduscht im Zimmer und zog sich an.

»Ist sie nicht«, sagte ich etwas geistesabwesend. Ich grübelte schon den ganzen Morgen darüber nach: a.) wer Johanna war, b.) wie ich in ihrer Wohnung gelandet war, c.) woher ich ihren Namen kannte und d.) woher sie Sarahs Namen kannte. Es dämmerte mir langsam, dass ich Johanna gestern auf dieser Party vom dicken Andreas getroffen haben musste. Tragischerweise hatte der wieder allen Gästen seinen selbst gebrannten Himbeergeist aufgedrängt, weil Andreas davon überzeugt war, dass dieses Gesöff von solcher Qualität sei, dass man davon weder betrunken werde noch am nächsten Morgen einen

144

Kater haben würde. Warum man das Zeug dann überhaupt trinken sollte, sagte Andreas nicht. Ich jedenfalls hatte diesem Himbeergeist gestern zu stark zugesprochen, was mich aber offenbar nicht daran gehindert hatte, bei dieser Johanna mit ihren dicken blonden Haaren und den schönen roten Wangen meine Geschichte anzubringen. Darüber hinaus musste es sogar dazu geführt haben, dass diese Frau mich zu sich nach Hause genommen hatte, wo ich in ihrem Bett schlafen durfte.

»Sag mal«, wandte ich mich an Johanna, »das klingt jetzt vielleicht komisch, aber habe ich gestern irgendetwas gemacht, wofür ich mich eigentlich schämen sollte?«

»Leider nicht«, sagte Johanna. »Du hast dich in das Bett gelegt, als ob du hier schon immer wohnen würdest, und bist dann eingeschlafen.«

Ich lag immer noch in diesem Bett und meine Kleidung neben mir auf dem Boden. »Das ist dieser verdammte Himbeergeist vom dicken Andreas«, fluchte ich. »Das ist echtes Teufelszeug.«

»Reg dich nicht auf, es ist doch nichts passiert«, sagte sie.

»Das ist es ja gerade. Unter normalen Umständen hätte ich doch niemals in deinem Bett geschlafen, ohne wenigstens zu versuchen, auch *mit* dir zu schlafen.«

»Das können wir ja immer noch machen«, beruhigte sie mich. »Und vielleicht ist es besser so. Das wäre doch gestern Nacht sowieso nichts Vernünftiges mehr geworden.«

»Du hast vielleicht recht«, sagte ich. »Und selbst

wenn es gut gewesen wäre, könnte ich mich jetzt schon nicht mehr daran erinnern. Aber jetzt wäre es sehr nett, wenn du dich nicht weiter anziehen würdest, denn dann dauert alles nur noch länger.«

Johanna grinste mich an. »Du meinst, es würde dich freuen, wenn ich das Hemd hier gar nicht erst anziehen würde? Ich wollte aber eigentlich gleich zur Arbeit gehen.«

»Ich kann dich ja krankschreiben. Und ich fände es noch netter, wenn du dir vielleicht noch ein bisschen was ausziehen könntest und dann noch mal ins Bett kommen würdest. Ich wollte dir gern etwas zeigen.«

»Vielleicht kannst du mir ein bisschen beim Ausziehen helfen?« Sie schaute mit herrlich falscher Hilflosigkeit zu mir herüber.

Ich hatte nie Probleme, mich zu erinnern, was dann passierte.

Die Wahl der Könige

Mit Johanna blieb ich dann zusammen. Und zwar die ernsthafte Sorte von Bleiben, zwischen damals und heute liegen mehr als zehn Jahre. Zwei Kinder wohnen noch bei uns, Max und Mathilda. Max ist der Erstgeborene, zweieinhalb Jahre später kam Mathilda. *Choix du rois*, die Wahl der Könige, sagen die Franzosen angeblich zu der Kombination älterer Junge, jüngeres Mädchen. Weil zunächst die Thronfolge gesichert war, man das Mädchen dann gewinnbringend verheiraten konnte und kein weiterer Sohn Ambitionen auf den Thron hatte.

Meine Königswahl war auf jeden Fall Johanna. Mal abgesehen von den ersten Stunden unserer Bekanntschaft, an die ich mich bis heute nicht erinnern kann – immerhin habe ich daraus gelernt, nie wieder den Himbeerschnaps vom dicken Andreas anzurühren –, haben wir uns immer sehr gut verstanden. Nach ein paar Monaten waren wir so genervt davon, dass jeder zwei halbe Haushalte hatte, dass wir beschlossen, aus den vier Hälften einen ganzen zu machen. Zwar musste ich mitansehen, wie Johanna meine geheime Aufklebersammlung weg-

warf, aber dafür durfte ich ihren schmiedeeisernen Blu-
mentisch in den Müll geben.

Ich hatte zwar vielleicht nicht viel praktische Erfahrung in Beziehungsfragen, aber dafür hatte ich umso
mehr Zeit gehabt, theoretische Erfahrungen zu sammeln. Und meine theoretische Erfahrung aus Hunderten
unsterblicher Verliebtheiten sagte mir, dass man sich in
nahezu jede Frau verlieben kann. Liebe ist ein stark hormonell bedingter Zustand, der im Gehirn als eine Art
Universallösung funktioniert. Alle offenen Fragen, alle
dunklen Flecken, alle Leerstellen über eine Frau werden
mit Liebe gelöst. Im Lauf der Zeit verflüchtigt sich dann
die Lösung an vielen Stellen, aber mit etwas Mühe hat
sich dann schon eine zufriedenstellende Annäherung ergeben. Also war ich schlau und schnappte mir die erste
beste Frau, die sich von mir schnappen ließ, ohne jemals
zurückzublicken.

Als ich das Gefühl hatte, jede Frau haben zu können,
wollte ich nur eine. Und das war im Grunde genommen
immer das Problem gewesen. Ich hatte von Anfang an
die Frau fürs Leben gesucht und wäre niemals darauf
gekommen, einfach mal so herumzumachen. Ich hatte
die Frauen, in die ich mich verliebte, sofort in den heili-
gen Stand der Ehe gehoben, anstatt von den kostenlosen
Hochzeitsnächten, diesem Geschenk der sexuellen Revo-
lution, für mich Gebrauch zu machen. Ich war bei diesen
Frauen gedanklich zu schnell eingezogen, wenn es darum
gegangen wäre, die Damen tatsächlich einmal auszuziehen. Insofern war es nur logisch, dass ich ausgerechnet
Johanna in einem Zustand lebender Bewusstlosigkeit ge-

troffen hatte. So dankbar ich meinem Gehirn auch sein konnte für alles, was wir beide erreicht hatten, bei der Suche nach einer Frau fürs Leben war es nicht hilfreich gewesen.

Klar, dass wir uns auch auf die Nerven gehen. Vor allem wenn die Kinder schlecht geschlafen haben und alle müde sind. Aber noch mehr nervt es mich, wenn wir nicht zusammen sind. Ich habe es nie bereut, mit Johanna zusammen zu sein. Ich hatte nicht vor, mit der ersten funktionierenden Masche, die mir eingefallen war, so viele Frauen wie möglich ins Bett zu bekommen. Durch die Zeit nach der Sache mit Anette hatte ich eine ziemlich gute Vorstellung davon gewonnen, wie ein erfolgreiches Singleleben hätte aussehen können. Noch mehr Betten, noch mehr Hunde, noch mehr Duschgels und Zahnpastageschmacksrichtungen. Das war nicht meine Welt. Es war toll, aber wohl eher für jemand anders. Ich suchte nicht die fünfhundertste Art, einen eleganten Abgang zu machen. Eigentlich fand ich es schon etwas gruselig, wenn es mir noch im Vollrausch gelang, erfolgreich eine Frau anzumachen, wenn mich also noch der Autopilot sicher ins Ziel flog.

Für mich war es faszinierend zu erleben, was für eine großartige Mutter Johanna ist. Ich war mit ihr zusammengezogen, weil ich sie liebte, weil ich mich nicht daran sattsehen konnte, wie sie aussah, wenn sie schlief, weil ich mit niemand anderem als ihr lieber ins Kino ging und weil sie in ihrer engen elfenbeinfarbenen Hose einen unwiderstehlichen Hintern hatte. Ob sie in der Lage sein würde, aus Dinkel und Pastinaken Brei zu kochen, oder ob auch Kinder gern mit ihr kuscheln würden, war mir vollkommen egal gewesen. Umso bezauberter war ich von der Art, wie sie mit unseren Kindern umging. Kinder zu haben ist das Beste überhaupt, vor allem wenn man die Mutter dazu liebt. Dann haben die Kinder Eigenschaften der Mutter, die man liebt, und dazu noch Eigenschaften von einem selbst. Uns geht es ziemlich gut, würde ich sagen.

Merkwürdig, mit all den Leuten, mit denen ich meine ganze Jugend über feierte, hatte ich jetzt kaum noch zu tun. Klar, mit Sarah und Tobias hatte ich mich damals verkracht, und Anette hatte mir in gewisser Weise das Leben gerettet, aber wo waren all die anderen Menschen von damals? Wo waren die Steinis, Rattes, Holgis, Pilsbiers und, noch wichtiger, wo waren die Doreens, Anjas, Katrins und Sabines geblieben? Damals hatten wir zusammen getrunken und getanzt und gedacht, dass es für immer wär. Was war passiert? Nichts Besonderes. Die Party war vorbei, und jeder war seinen eigenen Weg gegangen. Steini war nach Neuseeland gegangen, ausgerechnet Ratte hatte eine Firma für Hauskrankenpflege in London aufgemacht und so weiter. Doreen und Anja waren sogar in Berlin geblieben, aber ich hatte Volkswirtschaft studiert und sie irgendwas mit Kunst. Ihre Partys gingen zu Ende, wenn ich schon in meiner ersten Pflichtvorlesung saß. Anfangs hatten sie mich sogar noch angerufen und gefragt, ob ich nicht das Wochenende mit ihnen an die Ostsee fahren würde. Zweimal hatte ich abgesagt, weil eine Prüfung bevorstand.

»Ehrlich?«, hatte Anja gefragt. »Wann denn?«

»In acht Wochen.«

»Ach so.« Sie hatte etwas beleidigt geklungen. Sie konnte nicht verstehen, wie wenig Zeit acht Wochen für die Vordiplomsprüfung in Mathe waren. Wahrscheinlich bereiteten sie sich für ihre Kunstprüfungen vor, indem sie sich am Vorabend in Schlamm wälzten und dabei filmten.

Von allen Leuten von früher verstand ich mich noch am besten mit Matias. Er hatte eine sehr nette Frau, und dass er die vollkommen falsche Musik hörte, war mir mittlerweile egal. Auf einer Party bei ihm war es auch, dass ich Jana wiedertraf. Ich war vollkommen erstaunt, weil ich keine Ahnung hatte, dass Matias sie kannte. Sicher, ich hatte Jana damals in der *Feuerwache* getroffen, in die mich Matias mitgeschleppt hatte. Aber ich hatte keine Ahnung, dass sie sich kannten. Jana konnte mich nicht sehen, weil ich neben Johanna auf dem dunklen Balkon saß und Jana später gekommen war und sich in der Nähe der Tür festgequatscht hatte.

»Sieh mal«, ich zog Johanna am Ärmel. »Die Frau da drüben, das ist Jana!«

»Jana?« Johanna sah mich verständnislos an.

»Ja, Jana! Neubau-Jana. Jana mit den Gipsmasken, Plüsch-Jana.«

»Ach, die Jana«, lachte Johanna.

»Nicht so laut«, zischte ich.

»Wieso? Ich sollte zu ihr herübergehen und mich bei ihr für meine Kinder bedanken. Wenn sie nicht gewesen wäre, wärst du vielleicht als Jungfrau gestorben.«

»Lass das!« Ich versuchte, beleidigt auszusehen, auch wenn sie wahrscheinlich recht hatte.

»Sie sieht aber schön aus«, sagte Johanna jetzt ernsthaft.

Schön? Ich schaute Jana wie zum ersten Mal an. Johanna hatte recht. Ohne das grelle Make-up und die plüschigen Klamotten von früher sah Jana richtig attraktiv aus. Sie hatte schon immer eine gute Figur gehabt, aber durch eine souveräne Entspanntheit, die man nur bei Frauen jenseits der dreißig findet, war sie ohne Zweifel eine richtig schöne Frau.

»Ich hatte sie mir vollkommen anders vorgestellt«, unterbrach Johanna meine Gedanken.

»Wie denn?«

»Vor allem viel weniger schön«, überlegte Johanna. »Vielleicht ein bisschen dicklicher und ungeschickter gekleidet. Insgesamt ungeschickter. Wenn ich überlege, was du mir vorgejammert hast über die Frauen, hätte ich nicht gedacht, dass diese Jana ausgerechnet so schön ist.«

»Ja«, sagte ich ratlos. So hatte ich das überhaupt noch nicht gesehen. Ich war überzeugt gewesen, dass meine Jugend eine endlose Aneinanderreihung von Enttäuschungen und Frustrationen war, die ich nur durch das Hören der besten Musik in maximaler Lautstärke und das Trinken von Alkohol überlebt hatte. Und nun stellte sich heraus, dass meine erste richtige Freundin schön war. Wenn ich dazu noch bedachte, dass ich diese Freundin verlassen hatte, weil sie mir peinlich war, wurde es langsam wirklich kompliziert. Welches Recht hatte ich denn, eine solche Frau peinlich zu finden?

Später sprach ich noch kurz mit Jana, neben ihr stand

Sven, ihr Bodybuilderfreund, der aber nicht viel redete. Sie wohnte immer noch in den Neubauten Ostberlins, aber in einer viel schöneren Gegend, wie sie mir erklärte. Ich war mir sicher, dass sie noch ihre Gipsmasken und ihre Stofftiere hatte oder inzwischen etwas noch Schlimmeres sammelte. Auch wenn sie schön war, erinnerte ich mich sofort wieder, warum ich es nicht mehr mit ihr ausgehalten hatte.

Blaue Stunde

Unglücklich saß ich mit irgendwelchen Geschäftsfreunden meines Chefs, die also theoretisch auch meine Geschäftsfreunde waren, in einer dieser Gaststätten, die nur für Essen mit Geschäftsfreunden ausgerichtet waren. Touristisch günstig gelegen, einfache, aber deutlich überteuerte Karte, große Toiletten. Ich wäre lieber zu Hause bei Johanna und den Kindern gewesen, denn wie die Geschäftsfreundschaft meines Chefs mit diesen Langweilern aus dem Taunus hier verlief, konnte mir letztendlich egal sein. Es würde den Unterschied zwischen viel Geld und sehr viel Geld bedeuten, das mein Chef verdiente. Ich saß nur dabei, weil das anvisierte Projekt in meine Zuständigkeit gefallen wäre. Dabei ging es überhaupt nicht um das Projekt.

Nachdem der Kellner die Teller abgeräumt hatte, blieb noch die blaue Stunde. Bevor die Geschäftsfreunde um halb elf in ihr Hotel schwanken würden, gab es noch sechzig Minuten, in denen sie sich auf unsere Kosten zulaufen ließen. Als sie damit schon ziemlich weit und ihre Zungen noch mehr gelockert als die Krawatten waren, erzählte der eine, wie er einmal mit einer unerfahrenen Dame im Bett gewesen sei. Und als diese ihm einen blasen sollte, habe sie seinen Penis angepustet, bis er gesagt habe: »Er ist jetzt kalt genug, du kannst ihn jetzt in den Mund nehmen.« Ich sah den Knaben erstaunt an. Nein, es war unmöglich, dass er Tobias kannte. Er hatte vorhin erzählt, dass er im Schwarzwald geboren wurde.

Dann dachte ich, dass sich Tobias' Geschichte in den Jahren in eine echte urbane Legende verwandelt hatte, die dieser Spinner jetzt hier in der Ich-Form wiedergab. Dieser Gedanke brach in mir einen geistigen Staudamm. Was, wenn es sich bei Tobias auch um einen Spinner gehandelt hatte? Denn einige Ungereimtheiten hatte es ja schon gegeben, wenn ich so darüber nachdachte. Als wir damals befreundet waren, hatten wir uns fast jeden Tag getroffen und bei ihm zu Hause herumgehangen und Musik gehört. Nur manchmal waren wir zusammen tanzen gegangen. Aber zufällig genau an den anderen Tagen oder kurz nachdem ich nach Hause gefahren war, hatte Tobias seine Bräute gefunden, aufgerissen und mit ihnen gebumst. Sarah war eigentlich die einzige Frau gewesen, die ich tatsächlich einmal bei ihm gesehen hatte. Und seine Musikkenntnisse, die er zum Besten gab, während er reichlich Tabasco-Sauce auf sein Frühstücksei kippte, hätten auch nachgeplappert sein können. In Englisch war er eine absolute Niete, und es erschien unwahrscheinlich, dass plötzlich beim Hören von John Peel diese Unfähigkeit durch Gotteshand von ihm abfiel.

Gleich am nächsten Tag suchte ich nach ihm. Es war nicht leicht, ihn ausfindig zu machen. Im Telefonbuch stand er nicht, dafür konnte ich mich an den Namen eines Kumpels von ihm erinnern, der mir Tobias' Nummer gab. Ich rief dort an. Wir verabredeten uns bei ihm zu Hause. Gegen drei Uhr am Nachmittag klopfte ich an seine Tür, weil die Klingel kaputt war. Er öffnete mir. Als einziges geeignetes Reinigungsinstrument für seine Wohnung schien auf den ersten Blick nur ein Flammenwerfer infrage zu kommen. Die Wohnung war ein dreckiges, stinkendes Chaos, und es war kein einziger Gegenstand zu erkennen, dessen Verbrennung einen nennenswerten materiellen Schaden verursacht hätte. Weil wir uns am Nachmittag trafen, hatte ich Kuchen mitgebracht. »Ach, Saascha, ding, ding, ding!«, rief Tobias, als er das Bäckerpaket sah. Bei ihm um die Ecke sei der beste Bäcker Berlins, und ich Trottel kaufte beim falschen. Hastig schlang er die Kuchenstücke in sich hinein. Er erklärte mir, dass er im Prinzip Architektur studiert habe, dies aber zugunsten eigener Studien aufgegeben habe. Er würde jetzt in einer Baufirma arbeiten und dort »Projekte« ausarbeiten, dies sei aber nur eine Zwischenlösung, wegen der Kohle. Sein Freund saß seit einigen Jahren im Gefängnis wegen Drogendelikten, die aber völlig aufgebauscht worden seien, wie mir Tobias versicherte. Insbesondere der Einsatz des Sondereinsatzkommandos sei völlig übertrieben gewesen. Und er machte klar, dass es nicht ein Kumpel, sondern »sein Freund« war. Die Fragen, die ich unauffällig in unser Gespräch hatte einflechten wollen, hatte er beantwortet. Als er aus alter Gewohnheit wieder anfing, mich wie einen kleinen, dummen Jungen zu behandeln, verabschiedete ich mich bald. Ich wollte nicht mit dreißig in Tobias' Schwitzkasten landen.

Bevor ich ging, borgte er mir noch ein Buch über Hexen und schwarze Magie, das ihn unheimlich beeindruckt hatte. Ich schaute in der Straßenbahn hinein, es war die üblich wabernde Mischung aus geheimniskrämerischen Andeutungen und angeblichen historischen Fakten, die natürlich eine Weltverschwörung bloßlegte. Weil es bei mir um die Ecke war, brachte ich ihm das Buch auf seine Arbeit zurück. Die Sekretärin in der kleinen Firma kannte seinen Namen nicht. Als ich sie gerade hilflos anblicken wollte, schob zufällig gerade Tobias in einem blauen Overall einen Rollwagen mit Aktenkisten vorbei. Das waren seine Projekte. Gemeinsam fuhren wir ins Lager im Keller, wo er die Aktenkisten hinschleppen musste. Ich sagte nichts zu seinem Job, schließlich ist es ehrlos, jemanden zu treten, der schon auf dem Boden liegt. Ich gab ihm das Buch zurück, und wir taten beide so, als ob nichts wäre.

Besser als Zweiter

Vor ein paar Monaten klingelte das Telefon. »Hier ist Peggy«, sagte sie, als ob wir uns gestern das letzte Mal gesehen hätten.

»Welche Peggy?«, fragte ich verwundert, denn ich hatte in den letzten fünfzehn Jahren ein paar Peggys kennengelernt und erinnerte mich bei dieser Peggy nicht vornehmlich an ihren Namen.

»Peggy aus Randberlin«, erinnerte sie mich. »Ich hab dich mal mit zu mir genommen und dir ein Tattoo auf den Hintern gemacht.«

»Ach so: Peggy«, sagte ich jetzt. »Was gibt es denn?« Ich hatte damals fünfzehn Tage und fünfzehn Wochen, vielleicht fünfzehn Monate auf ihren Anruf gewartet, aber sicher nicht fünfzehn Jahre.

»Ey, ich brauche Kohle«, sagte sie. »Es hat Probleme gegeben mit den *Spades*, und jetzt brauche ich dringend Kohle, und nur du kannst mir helfen.«

Da war sie aber schief gewickelt. Für einmal Sex und anschließendes Rauswerfen gab ich ihr doch fünfzehn Jahre später kein Geld. Oder hatte sie sich irgendeine abwegige Idee von Erpressung in den Kopf gesetzt? Inzwischen waren wir mit der Nummer schon zweimal umgezogen. Es war schon erstaunlich, dass sie meine Telefonnummer damals nicht weggeschmissen hatte. »Soll ich dir Geld geben?« fragte ich trotzdem.

»Quatsch, du sollst mir doch kein Geld geben«, sagte sie. »Du sollst mir helfen. In der Kongresshalle ist so eine Tattoo-Convention, und ich will mit dem Tattoo auf deinem Hintern gewinnen. Es gibt zweitausend Euro.«

Nun war ich aber platt.

»Du hast doch das Tattoo noch?«, fragte sie, nachdem ich eine Weile geschwiegen hatte.

»Ja, ja«, sagte ich. Ich hatte lange nicht mehr daran gedacht und es noch länger nicht gesehen. Normalerweise trug ich einen Schlüpfer darüber, und ich hatte mich auch noch nie bemüht, die Aufmerksamkeit meiner Frau auf das Thema zu lenken. Mein Sohn hatte es einmal in der Umkleidekabine der Schwimmhalle gesehen, da hatte ich ihm gesagt, dass sei ein Fleck, und seitdem immer schon zu Hause eine Badehose drunter gezogen.

»Was ist, kommst du mit?«, unterbrach sie meine Gedanken.

»Ich weiß nicht«, sagte ich. Ich hätte ihr auch sofort absagen können, aber irgendwie war ich auch geschmeichelt, dass sie mich nach so langer Zeit noch anrief. »Was ist denn an meinem Tattoo so besonders? Kannst du nicht jemanden anders fragen?«

»Von den *Spades* kann ich keinen fragen, weil die meisten von denen im Knast sind oder im Moment eine kleine Lichtallergie haben, wenn du verstehst, was ich

159

meine. Außerdem ist mir dein Tattoo besonders gut gelungen. Du hattest so weiche Frauenhaut.«

»Du musst mich nicht beleidigen.«

»So meinte ich das nicht. Aber dein Tattoo ist mir einfach gut gelungen. Ich bin nicht abgerutscht, jeder Stich saß. Komm doch mit! Zwei Stunden, und du bist da wieder raus.« Dass so eine Frau mich einmal anbetteln würde, hätte ich mir niemals träumen lassen.

»Was ist, wenn mich jemand sieht?«, gab ich zu bedenken.

»Lass mich raten«, sagte sie. »Du bist verheiratet, hast einen Job und ein Kind.«

»Zwei Kinder«, gab ich zu.

»Na also, wer soll dich da sehen? Da sind sonst keine Spießer, nur Freaks.« Sie beleidigte mich sogar dann noch, wenn sie es nicht mal wollte. »Die kennen dich nicht, du kennst die nicht.«

»Aber was ist mit Fotografen?«, beharrte ich. »Wenn wir gewinnen, und ich komme in die Zeitung?«

»Nein, das kann nicht passieren. Wir treten nur in der Kategorie Mikro-Tattoo an. In die Zeitung kommen immer nur die Ganzkörper-Tattoos, das kannst du mir glauben.« Sie war besser im Beharren als ich.

Nachdem ich meiner Frau irgendeine Ausrede aufgetischt hatte, fuhr sie mit den Kindern zu ihren Eltern, und ich fuhr zur Kongresshalle. Weil ich keine auch nur annähernd coolen Klamotten mehr besaß, hatte ich es gar nicht erst versucht und einen Anzug angezogen. »Cool«, sagte Peggy anerkennend, als sie mich sah.

Ich hätte uns beiden gewünscht, dass die vergangenen

fünfzehn Jahre weniger Spuren bei ihr hinterlassen hätten. Man konnte schon noch erkennen, dass sie mal schön gewesen war, aber mehr war kaum noch festzustellen. Sie erinnerte mich an eine wirklich gute Lederjacke, die man ein paar Male zu oft getragen hatte. Ich überließ es ihr, ein passendes Begrüßungsverhalten auszuwählen, und so küssten wir uns auf die Wangen. Dann gab sie mir einen Pass für die Kongresshalle, den ich mir an die Jacke heftete, und wir gingen hinein. Es war dunkel, laut und unübersichtlich, also so, wie ich es mir vorgestellt hatte. Peggy ging mit mir in den hinteren Bereich.

Es war einer der merkwürdigeren Tage meines Lebens. Ich saß neben Anke, einer Frau, die immer wieder ihren Pullover hochzog, weil sie eine Libelle auf ihrer linken Brust hatte, und dem Schweiger, einem Mann, der an seinem linken Fuß eine komplizierte Strumpfzeichnung hatte und darum seinen Fuß zwischen den Preisrichtern immer nur in den Schuh steckte, ohne einen echten Strumpf darüberzuziehen. Ich zog immer, wenn ein Preisrichter kam, meine Hose runter und ließ mir mit Taschenlampe und Lupe den Hintern betrachten. Bei den Mini-Tattoos ging es sehr um Details, daher war das nötig. Wenn ich Hunger hatte, brachte mir Peggy etwas zu essen und immer wieder Tee. Sie war besorgt, dass ich fror, denn durch Gänsehaut würden diese kleinen Tätowierungen manchmal leicht entstellt, was den Unterschied zwischen Sieg und Platz machen könnte. Ab und zu ging sie mit ein paar alten Bekannten quatschen, meldete sich aber vorher immer bei mir ab.

Dazwischen unterhielt ich mich ganz nett mit Anke. Sie arbeitete in einem Nagelstudio und hatte eine Tochter, die schon zur Schule ging. Sie fragte mich immer, ob ich auch mal ihre Libelle sehen wolle, aber ich lehnte ab. Einerseits war es mir peinlich, und andererseits hätte es ja die Höflichkeit geboten, dass ich ihr danach meinen Hintern zeigte. Ich ließ mir immer den Preisrichterausweis zeigen, schließlich lief auf der Convention eine Menge merkwürdiger Typen herum. Ich sagte zu Anke, dass sie sich auch lieber den Ausweis zeigen lassen solle und ob sie es nicht merkwürdig finde, dass mindestens dreimal so viele Preisrichter ihre Libelle als den komplizierten Strumpf anschauen wollten, aber sie lachte nur und sagte, das mache ihr nichts aus. Der Mann mit dem Strumpf-Tattoo und dem Vollbart schwieg beharrlich und ging alle paar Minuten eine Zigarette rauchen. Wenn er links ein Raucherbein bekäme, wäre es mit seiner Karriere vorbei.

Peggy und ich gewannen nur den zweiten Preis mit fünfhundert Euro. Der erste ging an einen Bauchnabel, der als Abfluss von einem Waschbecken gestaltet worden war und wirklich originell aussah. Peggy fragte mich niedergeschlagen, ob ich noch auf ein paar Getränke mit ins Vereinsheim kommen wolle, aber ich lehnte ab, und wir verabschiedeten uns mit noch einem flüchtigen Kuss, Ich denke, es war der zweite und letzte Kuss, den ich von Peggy in diesem Leben bekommen würde. Ich wollte nach Hause gehen und diesen Tag so in Erinnerung behalten, wie er gewesen war, und fand, wir hatten viel mehr gewonnen als nur den zweiten Preis.

Epilog oder: Ausgerechnet Peking

Wenn mein Chef mir hätte erklären können, was unsere Firma in China tun sollte, dann hätte er das sicher getan. Wir hatten ein paar Geschäfte in Frankreich, und ein Projekt mit einer polnischen Firma war abgestürzt, weil die Polen nach Vertragsabschluss so lange nachverhandelt hatten, bis vom Vertrag fast nichts mehr übrig geblieben war. Aber nun sollten wir nach China. Die Leute waren wie besoffen von China. Wahrscheinlich hatte unser Chef einen anderen Chef getroffen, der ihm von seinen großartigen Geschäften in China erzählt hatte. Und jetzt musste ich dorthin. Ich sah es als touristischen Ausflug, weil ich überhaupt nicht sah, was für eine Kooperation wir mit irgendwelchen Chinesen machen sollten.

Meine chinesischen Kontakte hatten mir eingeschärft, auf jeden Fall einen Ausdruck von meinem Hotel mitzubringen. Diesen Ausdruck zeigte ich dem Taxifahrer, der heftig nickte und sich dann in das unglaubliche Verkehrsgewühl Pekings warf. Kilometerweise erstreckte sich nun ein Panorama, wie ich es noch nie gesehen hatte:

Ältere Häuser waren nur zwanzig Stockwerke hoch, dreißigstöckige Häuser wurden abgerissen, um Platz für neue, hundertstöckige Häuser zu machen. Nirgendwo waren Straßenschilder zu sehen, und alle Straßen waren vollgestopft mit Autos, zwischen denen sich Motorräder und gelegentlich mal ein Fahrrad hindurchschlängelten. Es war mir völlig unklar, wie sich mein Taxifahrer oder irgendjemand da orientieren wollte. Zudem musste mein Hotel in einer völlig anderen Gegend liegen, auf dem Foto im Internet hatte es so freundlich und gemütlich gewirkt, nicht so brutal wie die Betonwüste um uns herum. Plötzlich bog der Taxifahrer unmotiviert ab, und ich fürchtete nur das Schlimmste. Wenn er nicht wusste, wo er hinsollte, konnte ich ihm sicher nicht helfen. Und was sollten wir tun, hier mitten in den Gettos von Peking? Doch nun bog er rechts auf eine Auffahrt ab, und plötzlich standen wir vor dem Hotel aus dem Internet.

»Hotel«, sagte er, während er mir mit einem breiten Lächeln seine schwarzen Zähne zeigte. Mein Trinkgeld wollte er nicht haben.

Erleichtert betrat ich die riesige, klimatisierte Hotellobby. Ich würde mir jetzt schnell meinen Schlüssel besorgen, mich dann duschen und hinlegen.

»Sascha?«, hörte ich plötzlich hinter mir. Sarah sah wie immer umwerfend aus.

»Es soll jetzt nicht klischeehaft klingen, aber: Was machst du denn hier?« Das Ganze war so unwirklich. Zehn Jahre später, auf der anderen Seite der Welt, völlig übermüdet in einem anderen Leben, begegnete ich plötzlich Sarah.

164

»Ich soll eine Reportage schreiben über eine deutsche Delegation.«

»Du bist Journalistin?«

»Erraten. Und du bist Informatiker?« Sie lachte.

»Nein, obwohl ich den ganzen Tag vor dem Rechner sitze. Ich arbeite als CFO in einer kleineren Firma.«

»Was ist das?«

»Eine Art Buchhalter, macht aber mehr Spaß.«

»Bist du gerade angekommen?«

»Ja.« Ich zeigte auf meine Koffer.

»Peking ist toll«, sagte Sarah. »Wie lange bleibst du?«

»Nur zehn Tage.«

»Das ist ja perfekt! Ich bleibe noch zwei Wochen. Check doch schnell ein, und dann treffen wir uns hier in zehn Minuten. Wir gehen gleich essen, und dann nehme ich dich einfach mit.«

»Gut.« Ich war einfach zu überrascht und zu übernächtigt, um zu widersprechen. Und warum hätte ich auch widersprechen sollen? Weil ich vor langer Zeit einmal verliebt in sie gewesen war und sie mit meinem Kumpel geschlafen hatte, der jetzt verpeilt in einer dunklen Wohnung saß und darauf wartete, dass sein Freund aus dem Gefängnis entlassen wurde? Ich ging nach oben, duschte mich kurz und war dann pünktlich an meinem Treffpunkt mit Sarah, wie in alten Zeiten.

Inzwischen stand sie inmitten einer größeren Gruppe von Deutschen und Chinesen. »Ah, Sascha, da bist du ja«, rief sie und hakte sich federleicht in meinen Arm ein, als ob es das Selbstverständlichste auf der Welt wäre. Ein Bus fuhr zum Restaurant, ich rückte ihr den Stuhl

165

zurecht, wir halfen dem anderen bei einer Geschichte aus, die wir gemeinsam erlebt hatten. Unsere Gastgeber mussten annehmen, dass wir ein Paar waren. Früher hatte das zur Hälfte gestimmt. Ich war jahrelang mit Sarah zusammen gewesen, leider war Sarah in der gleichen Zeit niemals mit mir, sondern mit einer endlosen Prozession anderer Männer zusammen gewesen.

Während ich von deutschen Ingenieuren eingeladen war, für die ich ein Problem lösen und dann wieder abfahren sollte, war die Delegation, die Sarah begleiten sollte, auf chinesische Einladung gekommen. Das hieß, dass neben dem Arbeitsprogramm (irgendetwas mit Kultur) auch jeden Abend kulturelle Aktivitäten stattfanden: Museumsbesuche, Führungen durch den kaiserlichen Palast, Rundgänge durch die Hutongs, immer gefolgt von üppigen Abendessen in Restaurantpalästen. Da mich meine deutschen Ingenieure nicht einmal auf ein Bier einluden, nahm ich Sarahs Einladung gern an, sie bei ihrem Kulturprogramm zu begleiten. Auf diese Art musste ich nicht im Hotel herumsitzen, sah etwas von Peking und wurde auch noch mit bestem chinesischen Essen gefüttert.

So saßen Sarah und ich bei diesen Essen und Empfängen nebeneinander. Niemand außer unseren chinesischen Gastgebern durfte das große Rad mit den Speisen drehen, unter den Argusaugen von Frau Wang, die uns immer wieder die Schildkröten vor die Nase drehte, eine unvergleichliche Delikatesse, wie Frau Wang fand. Obwohl ich wusste, dass es wichtig gewesen wäre, konnte ich mich nicht dazu bringen, die schleimig schwarzen

Meeresbewohner auf meinen Teller zu holen, höflich-
keitshalber löffelte ich etwas Reis unter der Schildkröte
hervor, der mir schon schlecht genug schmeckte, aber es
nützte nichts, die Schildkröten gingen so zurück in die
Küche, wie sie gekommen waren, weil wir sie nicht an-
rühren wollten. Vierhundert Dollar kostet eine auf dem
Markt, erfuhren wir später, und Frau Wang fragte Sarah,
wie lange wir uns schon kennen würden, und Sarah antwortete leichthin, dass wir uns seit der Schulzeit kennen
würden, und lachte danach ihr Lachen aus der Schulzeit,
so dass keiner weitere Fragen stellte.

Nur am Abend, wenn sie mir vor ihrer Zimmertür
einen fragenden Blick zuwarf und ich sie mit einem
flüchtigen Kuss auf die Wange verabschiedete, war die
Illusion vorbei. Es war schon schlimm genug, dass ich
Johanna bei unseren Telefonaten nichts davon erzählte,
dass ich Sarah hier getroffen hatte, weiter würde mein
Betrug nicht gehen. Ich war vielleicht blöd, aber nicht so
blöd.

Nach einem dieser Essen waren Sarah und ich im
D-22 gelandet. Das *D-22* war ein Club, der an der Haus-
nummer 22 einer der unaussprechlichen Straßen mit
»D« lag, ob sie nun Dongfungjing oder Danseming hieß.
In meinem Reiseführer hatte ich davon gelesen und mich
dafür interessiert, wie wohl ein chinesischer Punkklub
aussehen mochte. Es war eher ein mildes Interesse gewesen, die Kapitel über Taxipreise und empfohlene Geschäfte hatte ich mit mehr Interesse studiert. Aber an
diesem Nachmittag, während wir uns für das Abendessen
umzogen, hatte ich entdeckt, dass das *D-22* ziemlich ge-

nau gegenüber von dem Restaurant liegen musste, in dem wir uns heute hinter das große Rad setzen würden. Und darum beschloss ich, nach dem Essen dorthin zu gehen, wenigstens mal zu gucken, schließlich endeten diese Abendessen mit Rücksicht auf die Bewohner der Satellitenstädte meist nicht besonders spät.

Nach dem Essen, das wir ohne diplomatische Probleme absolvierten, verabschiedeten wir uns von unseren Gastgebern mit der gebotenen Höflichkeit. Sarah wollte sofort ein Taxi heranwinken, aber ich eröffnete ihr meine Pläne. Irgendwo da drüben müsse noch ein Punkklub sein, den ich mir noch ansehen würde. Ich hätte Verständnis, wenn sie nicht mitkommen wolle, aber ich würde jedenfalls mal nachsehen wollen. Es überraschte mich nicht, dass Sarah sofort mitkommen wollte. Sie hatte sich meinen besseren Plänen immer angeschlossen. Eine Fußgängerbrücke führte auf die andere Seite der Straße, und auf der Mitte der Brücke hörten wir schon trotz des Verkehrslärmes Schlagzeug und einen Bass. Ich war aufgeregt, weil ich mich freute, dass es dort einen Klub gab, weil ich mich noch mehr freute, dass dort etwas los war, und weil ich schon fürchtete, dort nicht mehr hineinzukommen. Der zunehmende Lärm wies uns den kurzen Rest des Weges. Ein schlaksiger Mann mit einem langen Igelschnitt klebte uns für das Eintrittsgeld Plastikbänder um die Arme.

Das *D-22* war ein langer Schlauch, an dessen Ende eine Band lärmte, deren große Trommel sie als *Joyside* auswies. Man trank Bier aus großen Gläsern, und ich hatte keinen Grund, mich nicht anzuschließen. Links war eine lange Bar, hinter der die Bartender tanzten, vor allem Langnasen mit chinesischen Armeemützen, Cowboyhüten und Band-T-Shirts. Neben einem kleinen Gang, der dazu diente, auf die Toilette oder zur Bühne zu kommen, waren ein paar Tische und eine Menge Stühle hingestellt. Auch da saßen ein paar Langnasen, vor allem aber Chinesen. Jungs mit Irokesenfrisur und zerissenen Jeans, Jungs mit abgeschnittenen T-Shirts und großen Ringen durchs Ohr. Und erst die Mädchen. Oh, die Mädchen! Je schöner sie waren, desto heftiger schienen sie mit dieser Welt zu hadern, nur zwei dicke Frauen ohne Freund tanzten ein bisschen zur Musik. Aber die anderen: lange Haare, große Stiefel, dazwischen ein Schulmädchenkleid oder ausgesprochen achtlos angeworfene Punkerkleidung. Das wichtigste Accessoire war zweifellos das Gesicht, das diese Mädchen trugen: Weltschmerz, Elend, das Ende von Abend- und Morgenland einerseits herbeigesehnt, andererseits voller Gleichmut hingenommen. Auch wenn sie das Bier tranken, das ihnen ihr Freund herbeitragen durfte, gewissermaßen als lebensverlängernde Maßnahme, auch wenn sie seine Küsse und Umarmungen gleichgültig hinnahmen, so änderte das doch nichts an ihrer Überzeugung vom nahenden Ende der Welt. Freude gab es keine, nur verschiedene Abstufungen von Schmerz.

Sofort war ich in alle diese Mädchen verliebt. Es war so wie früher, ich wollte diese Mädchen retten, wollte ihnen den Lebensmut zurückgeben, wollte ihnen zeigen, wie schön diese Welt schon allein dadurch ist, dass es Schönheit wie ihre in dieser Welt gibt. Aber dann war ich voller Optimismus, dass sich auch hier in Peking jemand

finden würde, der sich auf diese Mission begeben würde.
Jemanden, der gleichaltriger war und besser Chinesisch
sprach als ich, das heißt überhaupt ein Wort. Und ich
dachte bei mir, so gut wie diese Chinesinnen aussehen,
werden sich sogar eine ganze Menge Männer finden lassen, die dazu bereit wären.

Und dann sah ich Sarah neben mir stehen, obwohl sie
dieses Abendkleid trug, sah sie mit ihrem Bier in der
Hand nicht deplatziert aus. Und ich dachte darüber nach,
warum ich so viele Jahre lang nicht von ihr losgekommen
war. So oft hatte ich mich von ihr ausgenutzt gefühlt und
mich des Eindrucks nicht erwehren können, dass sie
mich nur anrief, wenn ich etwas für sie tun sollte. Aber
ich hatte mich dennoch geschmeichelt gefühlt und gefreut, ihr nutzen zu können, denn ich dachte, irgendwann einmal wird sie sich in so viel Zuverlässigkeit und
Unterwürfigkeit verlieben können. Beim Anblick der
chinesischen Punkerbräute konnte ich die Idiotie dieser
Thesen plötzlich spüren.

Joyside waren mit ihrem Set am Ende, auf der Bühne
bauten die *Carsick Cars* auf, und ich holte mir noch ein
Bier. Wo Sarah war, beachtete ich nicht. Sie kam nach
einer Weile an und sagte, dass sie jetzt langsam ins Hotel
zurückgehen würde. Ich fragte sie, ob sie zurechtkom-
men würde oder ob ich ihr helfen solle, ein Taxi heranzu-
winken. Sie verneinte, und dann verabschiedeten wir
uns. Vielleicht bildete ich mir die leichte Verwunderung
in ihrem Blick nur ein.

Allein und zutiefst vergnügt stand ich dann im *D-22*.
Schon seit Ewigkeiten hatte ich nicht mehr getanzt, denn

nachdem ich die Frau meines Lebens gefunden hatte, hatte es keinen Grund mehr zum Tanzen für mich gegeben. Hier, Tausende Kilometer von der Heimat entfernt, fühlte ich mich plötzlich vollkommen frei. Ich war alt, spießig und langweilig, aber frei. Hier durfte ich zu jedem Lied tanzen, es war niemand da, der mich dafür hätte kritisieren können. Irgendwann spielten die *Carsick Cars* »Lust for Life« von Iggy Pop. Ich ließ mein gesamtes tänzerisches Schaffen vor meinem geistigen Auge vorbeiziehen. Meine Entscheidung fand ich mit überraschender, erleichternder Klarheit, nahm kurz den Rhythmus der Musik auf, wippte zweimal mit dem Kopf, und dann tanzte ich wild und fröhlich – den Jimmy Glitschi.

Inhalt

Prolog oder: Der Jimmy Glitschi   7
Stillstand des Systems   10
Die richtige Richtung   14
Mr. Robots Flucht nach vorn   19
Haus der Pioniere   23
Nummer eins   30
Wir dachten, so geht Pogo   35
Wieder nur der Vollidiot   39
Der Börsenmakler und die Neurotiker   45
Ab in den Teich   52
Ich war ein Problemjugendlichen-Sympathisant   58
Unser Jubiläum   62
Goodbye, Sascha   67
Ex von Olli   70
Maul des Drachen   78
Vielleicht war sie in einer Sekte   87
Ich rechnete damit, dass sie mich
nach dem Weg zur Toilette fragen wollte   93
Tragischerer Midas   102
Mein erstes Mal Heroin   112

Kraft des Geistes   121

Dann nannten wir es eben Party   128

Raubtierfütterung   139

Die Wahl der Könige   147

Blaue Stunde   154

Besser als Zweiter   158

Epilog oder: Ausgerechnet Peking   163

OSTERWOLD))) audio

Als Hörbuch erschienen

Gelesen von Fabian Busch

3 CD · ISBN 978-3-86952-022-3

www.osterwold-audio.de